梅花百咏

鲁克兵◎著

黄河出版传媒集团
宁夏人民出版社

图书在版编目（CIP）数据

梅花百咏 / 鲁克兵著. — 银川：宁夏人民出版社，2017.7

ISBN 978-7-227-06715-3

Ⅰ. ①梅… Ⅱ. ①鲁… Ⅲ. ①诗词—作品集—中国—当代Ⅳ. ①I227

中国版本图书馆CIP数据核字（2017）第192827号

梅花百咏　　鲁克兵　著

责任编辑　陈　浪
封面设计　赵　静
责任印制　肖　艳

黄河出版传媒集团
宁夏人民出版社　出版发行

出 版 人　王杨宝
地　　址　宁夏银川市北京东路139号出版大厦（750001）
网　　址　http://www.nxpph.com　http://www.yrpubm.com
网上书店　http://shop126547358.taobao.com　http://www.hh-book.com
电子信箱　nxrmcbs@126.com　renminshe@yrpubm.com
邮购电话　0951-5019391　5052104
经　　销　全国新华书店
印刷装订　宁夏银报印务有限公司
印刷委托书号　（宁）0006020

开　　本　880 mm × 1230 mm　1/32
印　　张　6.25　字　数　80千字
版　　次　2017年8月第1版
印　　次　2017年8月第1次印刷
书　　号　ISBN 978-7-227-06715-3
定　　价　30.00元

【序】

冬春之季，五湖四海梅花开遍。各地的梅花自是各有其佳胜处，我因与江南之梅周旋既久，对南方的梅花体会就相对深切些。少年时久居江北，而今长作江南客，其间又有数年“漂泊西南天地间”。虽难免转徙之苦，但对于江南的梅花而言，我是既出乎其外，又入乎其内，获得了观梅的极佳视角，这也是一种幸运。平素里乡音未改，然念及前贤的“游人只合江南老”的忠告，便觉得有许多快乐，更何况有江南的殷勤的梅花为伴呢。必须承认，我这样患得患失，实在算不得是一个明智的人。

细细想来，身处江南，若不种、不赏、不咏梅花，则诚为可惜可憾。一个对美的事物无动于衷的人，定然大大地减损了人生的精彩。也许真有形如槁木、心如死灰者，其得道甚深，其灵府可映万物之生机，照众类之生灭，其大智若愚之处，又非我辈可以蠡测了。

无论是庭院还是郊垌，也无论是清昼还是月夜，或独自赏梅，或与三五胜友同观，都有无穷的乐趣。有时候，会让你觉得，梅花的世界真的值得歌咏。

当霰雪无垠之深冬，人们所见的，往往是玄冥之神的怒容，难免有坚冰至矣的慨叹，令我不由得联想到人生的种种艰难。诵一声雪莱的佳句“如果冬天来了，春天还会远吗？”，也还是感到有些虚幻与怅惘。当你转过一道山崖，或是隔着一弯清浅的溪水，几株初开的梅花映入眼帘，蓦然间，梅花占据了你的枯瘠而寂寞的心灵，告诉你春天的本来面目，告诉你浩浩荡荡的春的队伍正走在归来的路上。在你的心头的生机因梅花的激发而被唤醒时，唱一首咏梅的歌正逢其时。

感情深挚的人，也是离别得最多最久的人。在早春的江南，水依然是脉脉的，柳照例是绵绵的，蓝蓝的天幕下时常带着些薄薄的雾。在这凄碧的格调里，点缀些或白或红的梅花。那白的是你的情怀的真纯，那红的是你的情意的热情。你纵然不必像古人那样着意地驿寄梅花，只须真心实意地默默观照这些如玉如霞的花儿，你的离情别意便因融入诸多美好的质素而获得升华。此时此刻，诵一首咏梅诗正逢其时。

具备形质之美者总是彼此相通的，无论你是一个人，还是一朵花。当春风吹绽梅花时，也许曾吹绽过你的心；而当梅花凋零时，属于你的春天也将渐渐随之而逝。在绮丽的春光之中，在清绝的梅花之旁，你曾笑过或哭过，深思过或沉醉过。你的心事，只有梅花了解得最深。当你看到梅蕊在晚风中飘飞，在溪水中颠沛时，请务必保持一些理智与从容，而不必如黛玉般地揾泪吞声。但你或许应知道，梅花以生命的代价，为你提供一次深刻把握人生的良机。随着梅花的飞落。离别的笛声已经吹起，你于暮色之中，写一首咏梅诗正逢其时。

江南的春天是温柔的，但即便是温柔到极致，也终究销不去梅花的风骨。这风骨，自在而又坚贞，可以以澄莹的碧水来映现，而未尝流失一毫；可以以绵延千里的山峦来承载，而无从遮蔽半分。不唯如此，其常在绵芊的春雨中酝酿，在轻柔的春风中弥漫。采撷到这样的梅花，置于书案之上，可与晤言晤歌，自是十分令人欣悦。而当你的欣悦充盈之际，献一首咏梅诗正逢其时。

在春天，在江南，可以咏梅，幸甚至哉！

克兵志于丁酉年孟夏

宋 · 赵孟坚　梅竹寒禽图

目录

梅花百咏

梅花百咏

其他相关诗词

元·王冕　墨梅图

梅花百咏

明·戴进　踏雪寻梅图

咏 梅

长宵挥翰对仙妆，
芬苾洋洋上卷行[1]。
雅彦诚图探梅讯[2]，
莫如先叩我诗章。

---

①芬苾（bì）：此指梅花的芬芳气息。
②雅彦：高雅之士，此泛指读者。彦，有贤德之人。

忆梅

昔年屐履丈千山，
此夕孤灯旧墨函。
唯有梦魂多不系，
寻梅随雪到江南。

眺　梅

油油云影翼归鸦[1]，
行尽青山日已斜。
几户人家依野岸，
一溪清水隔梅花。

---

①油油：云行之貌。《史记·司马相如列传》："自我天覆，云之油油。"翼：指云像翅膀那样覆盖。

水滨之梅

含烟横月已仙流，
更据春光最上游。
疑是诗中第一女①，
临风窈窕水之洲。

---

①《关雎》为《诗经》篇首,故该篇所写女子为《诗经》中第一女。

雪　梅

飘散冷香天上去，
只留疏影点池台。
蝶身挣破庄周梦①，
万亿飞飞作雪来。

---

①据《庄子·齐物论》载，庄子梦见自己变成蝴蝶，醒来分不清是庄周梦见蝴蝶还是蝴蝶梦见庄周，此之谓物化。此处谓雪片如蝶，盖从庄子梦中而来。

尊 梅

春红秋白各娟娟，
开到梅花始是仙。
检点诗囊千万字，
至今未有海棠篇①。

①此借用杜甫未咏海棠之事。后人对此猜测颇多。晚唐诗人郑谷已提及。苏轼《赠黄州官妓》说："东坡五载黄州住，何事无言及李宜。却似西川杜工部，海棠虽好不吟诗。"越发引起人们的兴趣。杨万里推测杜甫未曾见过海棠，其《海棠四首》云："岂是少陵无句子，少陵未见欲如何？" 陆游作《海棠》诗，自注云："老杜不应无海棠诗，意其失传尔。"曾几在《茶山集》卷四《海棠洞》中也说"杜老岂无诗，应为六丁取"，不过是对韩愈《调张籍》之说的改造。宋佚书《古今诗话》记载"杜子美母名海棠，子美讳之，故《杜集》中绝无海棠诗"，也为一说。

评 梅

一岁如阶万仞长，
冰霜雪雨作重墙①。
梅如许菊登堂奥，
百卉谁堪觊庑廊②。

---

①《论语·子张》："子贡曰：'譬之宫墙，赐之墙也及肩，窥见室家之好。夫子之墙数仞，不得其门而入，不见宗庙之美，百官之富。得其门者或寡矣。夫子之云，不亦宜乎！'"历万仞台阶，过重墙峻宇，可知梅境界之高。

②孔子曾评价子路云："由也升堂矣，未入于室也。"（《论语·先进》）钟嵘《诗品》："孔氏之门如用诗，则公干升堂，思王入室，景阳、潘、陆，自可坐于廊庑之间矣。"觊（jì）：企图获得。庑廊：堂前的廊屋。

恋 梅

枝多练要蕊多姱①，
不以乾坤易一葩②。
天既因梅始生我，
地须为我作梅花③。

---

①屈原《离骚》:“苟余情其信姱练要兮,长颇颔亦何伤?” 练要:指枝干精练疏朗。朱熹《集注》:“练要,所修精练,所守要约也。”姱,美。

②此指精诚专一于梅,不为天地间万物所动。《庄子·达生》:“不以万物易蜩之翼,何为而不得。”

③作:生出。

临　别

绸缪相对难归去①，

归去宁能漫折枝②。

倾意叮咛数丛竹，

伴君明月夜深时。

①绸缪：情意缠绵。此指流连不已。

②漫折枝：随意折断梅花的枝条。

初 绽

芳意初成面晕生，
檀心先向月光倾[1]。
仙姝雅爱人间世，
雪霁驾虬穿雾行[2]。

①檀心：浅红色的花蕊。
②虬：指像龙样的弯曲的枝条。

感林氏咏梅名句①

逋仙秀句古来闻②，
清浅横斜似可扪。
但使襟怀如水月，
赏心何必待黄昏③。

---

①林氏：指林逋。林逋（967—1028年），字君复，卒后谥为“和靖”。北宋著名诗人。生性淡泊，晚年隐居西湖孤山，酷爱梅花，有“梅妻鹤子”之称，尤以咏梅诗最受称道。他的《山园小梅》诗“疏影横斜水清浅，暗香浮动月黄昏”之句负有盛名。

②逋仙：后人对林逋的美称。

③待：有待，依赖。

渊明爱梅

风月千年栗里村[1]，
众芳独许此芳尊。
菊丛都在东篱下，
只有佳花植夹门[2]。

---

①栗里：陶渊明所居之村落，在今江西省九江市西南。萧统《陶渊明传》："渊明尝往庐山，弘命渊明故人庞通之赍酒具，于半道栗里之间邀之。"李白《戏赠郑溧阳》："何时到栗里，一见平生亲。"

②陶渊明《腊日》："梅柳夹门植，一条有佳花。"渊明门边种梅，东篱种菊。因门边较东篱近于居室，故以距离而论，渊明爱梅甚于爱菊。

清·恽寿平　五清图

淡与浓

纷纭咸谓梅香淡，
思入清微花自馨①。
三月心斋广成子②，
知其澎湃作雷霆③。

---

①谓赏花者若能自净其心，“心清闻妙香”，则梅之芬芳极为浓郁；世人多以走马观花的态度赏梅，故以梅香为淡。淡浓之别，实心静与不静之别耳。

②心斋：排除世俗的成见与外物的纷扰，使心地虚明。《庄子·人间世》：“唯道集虚。虚者，心斋也。”广成子：古之得道者。《庄子·在宥》说黄帝弃天下，筑密室，以白茅为席而端坐其上，心斋三月见广成子而问道。

③谓广成子定知梅花芳香气息如奔涌之滔天巨浪，有雷霆万钧之声势。

离思

诗肩树骨两嶙峋，
惜别苔梅在水滨。
但使此花长久在，
何妨八节是冬春①。

---

①八节：指终年。一年中有立春、立夏、立秋、立冬、春分、夏至、秋分、冬至八个节气最为重要。

别　梅

一枝凝泪挂梅腮，
偏是离怀月下开。
君看我今回首际，
何如阮肇下天台[1]？

①据刘义庆《幽明录》载，汉明帝永平五年（公元62年），剡县阮肇、刘晨共入天台山，在溪边偶遇两仙女，二人各与仙女在一起生活，极尽欢乐。半年后因思乡而归去，人间已经历数世，仅能见七世之孙。后人对此事歌咏极多。写仙人之悲如唐代诗人武元衡《代佳人赠张郎中》之“心爱阮郎留不住，独将珠泪湿红铅”等，写阮郎之痛如周邦彦《玉楼春·桃溪不作从容住》之“人如风后入江云，情似雨余粘地絮”等。

思 梅

一自仙英笛里归①，
纵留桃李亦凋摧②。
多情尚有星榆树③，
掷尽囊钱换不回。

---

①笛里归：笛子名曲有《梅花落》，奏此曲指代梅花之凋零。
②凋摧：凋零，摧损。谓随着梅花落去，春色顿减，春意阑珊。
③星榆：榆钱白色如星星，故有此名。如刘禹锡《和兵部郑侍郎省中四松诗十韵》：“月桂花遥烛，星榆叶对开。”

独不见

黄昏徐步路横斜，
清浅池塘风笛嘉。
芍药有情蔷有态，
可怜皆不是梅花①。

①可怜：可惜。

笑 梅

昨日聊从街市回，
道旁市众笑诙诙①：
不瞻石氏珊瑚树②，
却请林家玉蝶梅③。

---

①诙诙：戏谑之貌。

②石氏：指晋代文学家石崇，以豪富著称，家中有及其精美的珊瑚树。事见《世说新语·汰侈》。

③玉蝶梅：梅花中珍品。宋人王世懋《学圃杂疏·花》："曾于京师许千户家，见盆中一绿萼玉蝶梅，梅之极品，不知种在何处。"

独 芳

清芬真可净天维，
人莫知卿卿莫悲。
四宇如今寡廉士，
美妍无度欲倾谁[1]？

---

①《诗经 · 魏风 · 汾沮洳》："彼其之子，美无度。"

西湖之梅

处士清风动碧涛①，
西湖琼雪霁璇霄②。
千年明月依然在，
漫拈花枝过断桥。

---

①处士：此指林逋。元代诗人刘因《观梅有感》："东风吹落战尘沙，梦想西湖处士家。"处士清风，兼指梅花的风韵。

②璇霄：碧空。《宋史·乐志七》："璇霄来下，羽卫毵毵。"

再见梅花

浮云长别历春冬①，
竹石山中偶一逢。
观汝层层鲜萼瓣，
似吾悲喜几重重。

①浮云长别：久别不见，若浮云之西东。韦应物《淮上喜会梁川故人》："浮云一别后，流水十年间。"

东风第一枝

瘦尽千山出一枝，
风情最是月明时。
春风不识人间路，
谒请仙姝作导师①。

①导师：引领者。《百喻经·杀商主祀天喻》："入大海之法，要须导师，然后可去。"

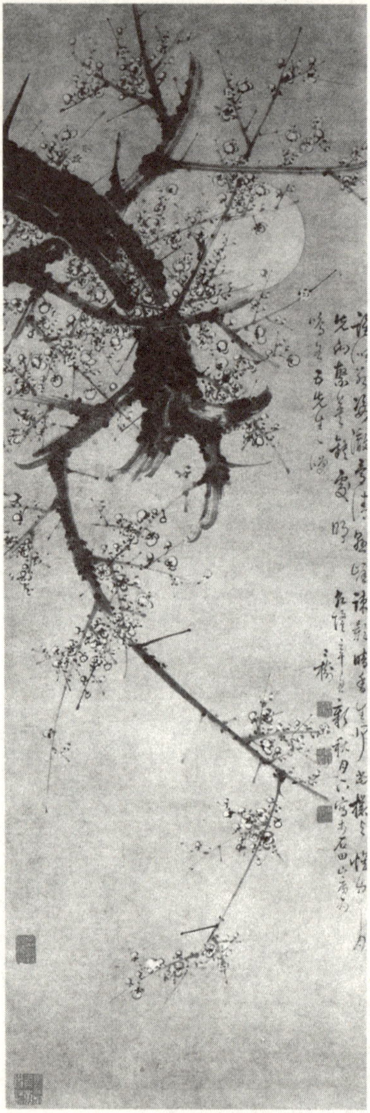

清 · 童钰　月下墨梅图

所用之异①

岁临其暮忆天涯②，
未得披衣甚可嗟③。
短信如今虽捷便，
古人往往寄梅花。

①所用之异：用法有差别。《庄子·逍遥游》寓言中说，对于不龟手(天寒手脚不开裂)之药方，一人卖得百金钱财，一人卖给楚王立了军功而封侯。

②天涯：此指远在天涯的亲友。

③披衣：披上衣服去寻访朋友。陶渊明《移居二首》："相思则披衣，言笑无厌时。"

郊　梅

津前韡萼讶轻舟①，
上有青冥下碧流。
行客祈祈趋闹市②，
几人为汝一回头。

---

①韡萼：鲜丽的花萼。指代梅花。讶：迎接。
②祈祈：众多之貌。《诗经·七月》："采蘩祁祁。"

有情

骨瘦形疏影正单，
故园风雪又如磐[①]。
梅花若是无情者，
热血谁堪对凛寒？

---

①鲁迅《自题小像》:“灵台无计逃神矢,风雨如磐暗故园。”

书斋之梅

案头冰萼动清风，

凌越迁班映达穷①。

问汝何当能结实，

吾今还欲论英雄。

---

①迁班：司马迁与班固。此指代青史。

夜　吟

壁生虚白室生昏[①]，
夜昧更推骚语尊[②]。
吟到浊清帘漫卷，
放延月魄与梅魂[③]。

---

①壁生虚白：谓内心处于虚静的状态，兼指黄昏室内之情状。《庄子·人间世》："虚室生白，吉祥止止。"

②骚语：指屈原《离骚》之诗句。

③放延：放入，请进。

对　梅

桃输傲骨杏输香，
逸韵真难一苇航[1]。
唯与冰姿相对久，
如今只道是寻常。

---

①一苇航：一根芦苇即可渡过。《诗经·卫风·河广》："谁谓河广？一苇杭之。谁谓宋远？跂予望之。"

访　梅

春宵客散多余暇，
台榭风停意静嘉[1]。
有月如舟还似水，
助吾云外访梅花。

---

①静嘉：清静美好。宋代陈造《再游福溪岩赠主僧》诗："柏径初轩豁，筠窗更静嘉。"

约　客

抱瓮冲浇百亩园，
息机汉水自盘桓①。
揖邀原宪观梅蕊②，
端木唯能看牡丹③。

①据《庄子·天地》载，子贡经过汉水时，见一老人抱瓮浇灌田地。子贡认为这样太费力，不如使用机械。而老人则以有机械必有机心，有机心则心地不纯。子贡惭愧而退。

②原宪住在鲁国，穷得连茅草房也残缺不全，家中一无所有。同学子贡驾着豪华的车马来看望他，说："嘻！先生何病？"原宪应之曰："宪闻之，无财谓之贫，学而不能行谓之病。今宪贫也，非病也。"子贡听罢感到愧疚。

③端木：子贡的姓。

胜 友

香发冰英散不收，
上随云影下随流。
月边自有梅花在，
元礼何须共一舟①。

---

①元礼：汉末名士李膺的字。据《后汉书·郭太传》载，郭林宗“始见河南尹李膺，膺大奇之，遂相友善，于是名震京师。后归乡里，衣冠诸儒送至河上，车数千两。林宗唯与李膺同舟而济，士宾望之，以为神仙焉”。李白《陪族叔刑部侍郎晔及中书贾舍人至游洞庭五首》云：“洛阳才子谪湘川，元礼同舟月下仙。”

有 梅

清池幽竹两无尘，
才有梅花意便薰[①]。
撷入我怀犹是玉，
纵之晴昊即为云[②]。

①薰：芳香。
②晴昊：晴朗的天空。

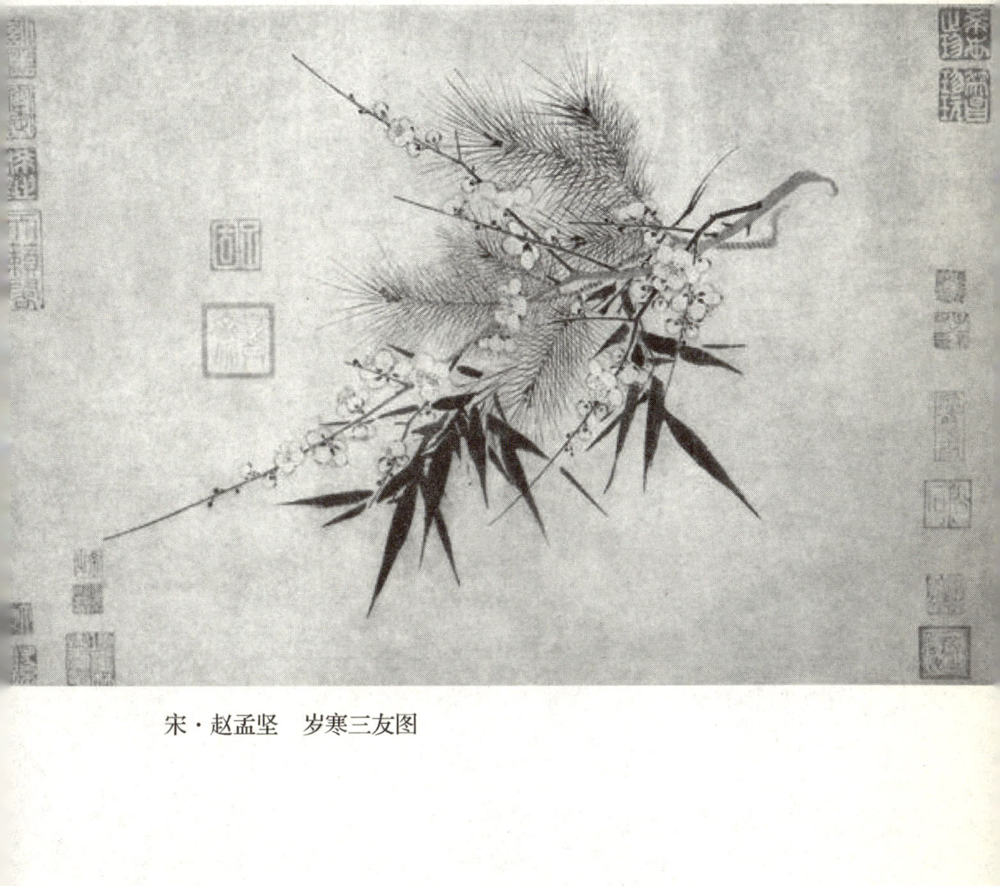

宋·赵孟坚　岁寒三友图

蝴蝶与梅

初晴蝶翼腻光烟①，
逅着桃梨便谓仙。
倘若风流钟此辈，
尚须经菊到梅前。

①腻：光洁润泽。欧阳修《忆江南》词："微雨后，薄翅腻烟光。"

落　梅

风清月晓坠枝梢，

太上忘情何处逃[1]？

谁解桓伊三弄意[2]，

为君魂断正吾曹。

---

①《世说新语·伤逝》载，王戎丧子，十分悲痛。山简前往看望，说：“孩抱中物，何至于此？”王曰：“圣人忘情，最下不及情；情之所钟，正在我辈。”此指梅花忘怀世情，辞世而不知何往。彼虽忘情，而我辈不能。

②《世说新语·任诞》：“王子猷出都，尚在渚下。旧闻桓子野善吹笛，而不相识。遇桓于岸上过，王在船中，客有识之者云：‘是桓子野。’王便令人与相闻，云：‘闻君善吹笛，试为我一奏。’桓时已贵显，素闻王名，即便回下车，踞胡床，为作三调。弄毕，便上车去。客主不交一言。”桓伊（小字子野）所奏为《梅花三弄》曲。宋高观国《贺新郎·赋梅》：“又争奈、桓伊三弄，开遍西湖，春意烂。”

月　庭

轻云笼月减辉光，
忽觉中庭淡淡香。
疏影有情尘不到，
静中风味最清狂。

自　述

少时硕志破云霞[①]，
负剑将书泛海槎[②]。
二十余年频碰壁，
说来不过为梅花。

---

①硕志：大志。
②将：携带。

咏絮无才

白雪纷纷何所似[1]？
谢家兰树实无才[2]。
与其轻薄风前絮，
孰若天真笛里梅？

①才女谢道韫以柳絮喻雪历来为人所称道。事见《世说新语·言语》："谢太傅（谢安）寒雪日内集，与儿女讲论文义。俄而雪骤，公欣然曰：'白雪纷纷何所似？'兄子胡儿曰：'撒盐空中差可拟。'兄女曰：'未若柳絮因风起。'公大笑乐。即公大兄无奕女，左将军王凝之妻也。"

②兰树：谢道韫以及其兄弟们的美称。《世说新语·言语》："谢太傅问诸子侄：'子弟亦何预人事，而正欲使其佳？'诸人莫有言者。车骑（谢玄）答曰：'譬如芝兰玉树，欲使其生于阶庭耳。'"王勃《滕王阁序》："非谢家之宝树，接孟氏之芳邻。"

奢　华

红英照烂世应无①，
我有江南梅百株。
他日持之金谷去②，
笑齑石氏绛珊瑚③。

---

①照烂：光泽鲜丽。江淹《别赋》："镜朱尘之照烂，袭青气之烟煴。"

②金谷：晋代富豪石崇的园林，以豪奢著称。

③齑：击碎。石氏绛珊瑚：晋武帝赠送其舅王恺一株，高二尺有余，其精美世间罕见。王恺得意地向石崇炫耀，意在压倒他。石崇用如意将其击碎，并用三四尺高的六七株更精美的珊瑚树赔偿。王恺吃惊之余，怅然若失。事见《世说新语·汰侈》。

不　伦[1]

在谷凝成一段香，
出山不易旧时妆。
骚人且住春风笔，
忍把高标俪寿阳[2]。

---

①不伦：不相当，不相类。此谓不宜将梅花与寿阳公主相比附。

②寿阳：指南朝宋武帝的女儿寿阳公主。公主于初春卧于殿檐下，有梅花落其额上，异常娇美。后来她化妆时常在额上贴上梅花，世称“梅花妆”。李商隐《蝶三首》：“寿阳公主嫁时妆，八字宫眉捧额黄。”杨亿《少年游》：“寿阳妆罢，冰姿玉态，的的写天真。”俪：匹配者，陪衬者。

寻　梅

罗浮梦醒尚余痕[1]，
月白风清何处村？
水逝三生山未转，
石前认取旧精魂[2]。

---

①罗浮：山名，在今广东省惠州市。据柳宗元《龙城录》载，在隋文帝时，赵师雄迁居罗浮。一日，梦见自己于半醉间，见林中酒肆旁有一淡妆素服女子主动招呼他。师雄与她交谈，但觉对方言谈极为清丽，芳香袭人。醒来发现自己睡于一株大梅花树下，晨星尚灿然。其时梅花盛开，有小鸟花间相对而鸣。面对晓风残月，师雄心中颇为惆怅。

②据苏轼《僧圆泽传》，李源与僧人圆泽交情莫逆。一日，圆泽告知李源，三日后他将离世而转生，并相约于十三年后在杭州天竺寺外相见。李源安葬了圆泽，十分悲伤。十三年后李源至相约处，见有牧童扣牛角而歌曰："三生石上旧精魂，赏月吟风莫要论。惭愧情人远相访，此身虽异性长存。"此牧童实即前世之圆泽。

梅下思旧

玉徽飞过旧年华①，
树影在身如著袈。
月地云山弦止处，
风吹梅蕊散天花。

---

①玉徽：琴的美称。此指代琴声。

落　花

卷舒开合自由身，
欲避车喧紫陌尘。
仙媛乘风阆苑去，
李桃始得苦争春。

恨 别

春别江城多恨嗟，
非为迁客去长沙[1]。
聊将玉笛呼明月，
同欲悠悠送落花。

---

①李白《与史郎中钦听黄鹤楼上吹笛》："一为迁客去长沙，西望长安不见家。黄鹤楼中吹玉笛，江城五月落梅花。"

冬 日

碌碌生涯未有功，
如斯光景渐朦胧。
一冬检点无余事，
唯剩腊梅诗句中。

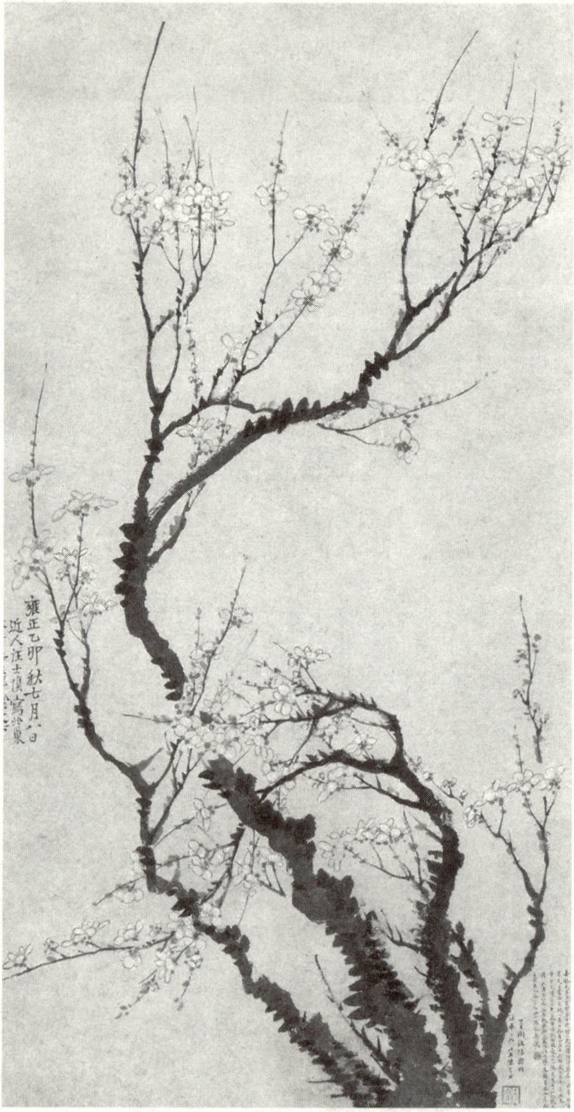

清・汪士慎　梅花图

最　爱

难避元规陌上埃①，

心为形役究堪哀②。

一生最爱如斯日，

酒后茶余独对梅。

---

①元规:庾亮(289—340年),字元规,东晋名士。晋明帝驾崩后,庾亮辅政,权势很大,使王导颇觉失意。《世说新语·轻诋》:“庾公权重,足倾王公。庾在石头,王在冶城坐。大风扬尘,王以扇拂尘曰:‘元规尘污人!’”

②心为形役:为外物所驱使,心灵不得自由。形,身体。陶渊明《归去来兮辞》:“既自以心为形役,奚惆怅而独悲?”

先 知

市朝车马正驱驰，
留纵风云郊外迟。
霁月溪前始初上，
梅心只合最先知。

诗　法

踏雪晨兴极水漘①，
梅花如火复如云。
欲教诗骨无俗调，
烝在冰清香里熏②。

①漘(chún):水边。
②烝:长久。《诗经·小雅·东山》:“蜎蜎者蠋,烝在桑野。”

赛 事

梅出一花明室庐，
聊书数句可相呼①。
窗前今夜开千朵，
捻断吾须肠欲枯。

①相呼：相应，应对。

相　成

履霜历雪至冰坚[1]，
此际嫣然即傲然。
举世谁知芬馥意，
花开元不为冬天。

---

①《周易·坤卦》:“初六,履霜,坚冰至。”

先行者

虬枝如铁复如肩，
荷得雪霜香暗传。
拓出乾坤妍暖地[1]，
群芳始觉是春天。

---

①妍暖：晴美温暖。韩愈《游青龙寺赠崔大补阙》诗："须知节候即风寒，幸及亭午犹妍暖。"

有　待

人生长恨是花迟，
菊罢小园客去时。
且拭吾心如水月，
留将竹下映冰枝。

室边梅

千重笑靥万重霞，
日晚风前最可夸。
积善之家有余庆①，
祥云绕屋作梅花。

---

①庆：福泽，吉祥。《周易·坤卦·文言》：“积善之家，必有余庆；积不善之家，必有余殃。”

小　别

暗香疏影助弦歌，
生事明朝又若何①。
贱卖金龟偿酒债，
暂离梅蕊伏诗魔。

①生事:生计,现实生活。

相　凝

幽兴频催访玉颜，
寻思合在竹林边。
相凝渐次销牵累[1]，
一瓣梅花一味禅。

①牵累：种种束缚心灵的事物。

解 悟

往岁殷忧似不穷，
损之又损至于空[1]。
素心未解有多少，
直到遇梅明月中。

---

①《老子》第四十八章:“为学日益,为道日损。损之又损,以至于无为。”

有 成

金蓓樛枝入定深①，
天光云影映澄浔。
忽然日夕冲寒坼②，
一片清香溢旷林③。

---

①樛(jiū):树木向下弯曲之貌。入定:如僧人深入禅定。

②坼(chè):本义为裂开,分开,此指绽开,开放。

③旷林:深林。陶渊明《归鸟》诗其四:“翼翼归鸟,戢羽寒条。游不旷林,宿则森标。”

法　门

若有云僧即我前，
般般问法却无诠。
须抛临济迎机棒①，
梅蕊先参十二年。

---

①临济：禅宗的一派，为临济义玄所创，故名临济宗。此派机锋峻急，以善用棒喝著称，影响很大。

自　问

香臻淡处转生奇，
香外却非文字知。
彩笔成诗犹自笑，
芜辞何故累冰姿？

方便之门

朵朵花开傍院墙，
讶余徒颂腊梅芳。
今当随顺第二义[①]，
异日也图栽海棠。

---

①第二义：即俗谛，相对于真谛（第一义）而言。虽非究竟，但也是证悟佛法之台基。

来往

知春见雪识机先，
照水含风翯翯妍[1]。
自觉觉他群艳放[2]，
远游小住夜摩天[3]。

---

①翯翯(hè)：羽毛洁白润泽之貌。《诗经·大雅·灵台》："麀鹿濯濯，白鸟翯翯。"

②自觉觉他：在自己觉悟后，又通过弘扬佛法使他人觉悟，这即是大乘佛教的宗旨。能圆满自觉觉他者，唯有佛可以做到。

③夜摩天：佛教欲界六天中的第三天，位于忉利天之上，兜率天之下。佛教认为布施、持戒者来世可生此天。

由　来

月下塘前淡若虚，
阎浮元乏此名姝①。
因缘随顺人间世，
一段添香示有无。

①阎浮：阎浮提的简称。佛教世界中的四大洲之一，上有众多的阎浮树。我们人类生于此洲，故常作人间的代称。

当仁

三春不竞是鸣谦[1]，
数蕊当仁绝地天[2]。
顾影如随秋草后，
瞻之忽在众芳前[3]。

---

①鸣谦：谦逊之德有闻于外。《周易·谦卦》："鸣谦，贞吉。"

②当仁：此指梅花开放。应开时即开，故曰"当仁"。《论语·卫灵公》："当仁，不让于师。"

③颜渊盛赞孔子说："仰之弥高，钻之弥坚；瞻之在前，忽焉在后。"详见《论语·子罕》。

元·王冕　南枝早春图

冬 日

南窗读史北窗歌，
冬日生涯闲里过。
若问迩来诗不断①，
应知吾室玉梅多。

①迩来：近来，最近。

探　梅

断续微风断续香，
寻踪尚得过寒塘。
有篁清似东园角①，
未远洵当见绮黄②。

---

①东园角(lù)：东园公、角里的合称，皆汉初著名隐士，与绮里季、夏黄公一起采紫芝于商山，人称商山四皓。此四人后来出山辅助太子刘盈。

②绮黄：绮丽的黄色的腊梅花，兼指绮里季、夏黄公。因竹与梅为友，和东园公、角里与绮里季、夏黄公为友相似。故既已见东园公，则夏黄公必近在咫尺；以此类推，既已见竹，则易知梅亦不远。绮里季、夏黄公并称，如陶渊明《饮酒二十首》其六：“咄咄俗中愚，且当从黄绮。”宋诗人吕陶《送吴龙图归阙》：“期公享眉寿，岁月过绮黄。”

夜　梅

炉火红时白雪来，
长宵吟兴浩难裁。
诗成偶对梅一顾，
数片枝头新又开。

小　蕾

岁暮黄昏雪未来，
檀心结束有红梅①。
斑斑已作相思豆，
不见东风不肯开。

①结束：闭结，收束，秘不示人。

池台

梅英昏夕雪中开，
举火诸侯应见猜[1]。
刳浚池沼供鉴影[2]，
驰怀须即建荆台[3]。

---

①周幽王为博得褒姒一笑,举烽火戏诸侯。
②刳(kū)浚:挖掘。
③荆台:楚国著名高台,故址在今湖北省监利县北。

赏 梅

枝头三百思无邪①，
逸质妍形各显加②。
允是天公生烈志，
凋枯万壑出奇花。

①三百思无邪：一朵梅花似一首诗，故一树梅花似《诗经》三百首。三百，泛言其多。《论语·为政》："《诗》三百，一言以蔽之，曰：'思无邪'。"

②显加：昭彰显扬。晋代潘岳《夏侯常侍诔》："先朝末命，圣烈显加，入侍帝闼，出光厥家。"

雪 后

天开六出伴梅生①，
几日春风先欲行。
但把紑紑本原白②，
销成滴滴泪珠清。

①六出：雪花的别称。凡花一瓣叫作一出，雪花六角，故谓六出。
② 紑（fóu）紑：鲜洁之貌。

未寄

玉梅芳里动弦丝，
一曲停云唱有时①。
欲寄冰枝还放释，
斯情何必要人知。

---

①陶渊明《停云》其一："霭霭停云，濛濛时雨。八表同昏，平路伊阻。静寄东轩，春醪独抚。良朋悠邈，搔首延伫。"

明·杜堇　梅下横琴图

瓶　梅

凫鹭迎春先眼青，
谁怜雪月冷娉婷。
感余涉洧褰裳意①，
一片心芳出胆瓶②。

---

①涉洧：涉水渡过洧水。洧水，即今双洎河，源出河南省登封县阳城山，流入颍水。褰裳（qiān cháng）：提起衣裳。《诗经·郑风·褰裳》："子惠思我，褰裳涉洧。"

②胆瓶：长颈大腹的花瓶，因状如悬胆而得名。

一　枝

谁把清芬换俗机，
是非百载亦难持①。
高堂钟鼎王侯印，
不敌吾庐梅一枝。

---

①持：持久不变。

观梅有思

羽客游踪何处寻[1]？
几枝疏淡几枝新。
此花若得成佳蜜，
应是无人拜路尘[2]。

---

①羽客:蜜蜂等昆虫类动物。李商隐《燕台四首·春》:“蜜房羽客类芳心,冶叶倡条遍相识。”

②拜路尘:西晋时潘岳与石崇谄媚权臣贾谧,每当贾出门时,就相与望车尘而拜。事见《晋书·潘岳传》。

梅　格

贞贞梅伯乘风去[①]，
留得精魂气格高。
官富民穷千万世，
清芬犹似谏贪叨[②]。

①梅伯：商朝诸侯，官至司徒。为人清正廉洁，因劝谏纣王而被杀害。宋濂《梅府君墓志铭》："梅本子姓，其先梅伯，为殷纣所废。周武王既伐纣，封伯诸孙黄梅，号曰忠侯，遂以梅为氏。"故梅伯是梅姓的始祖。

②贪叨（tāo）：贪婪，贪得。此指贪得之人。

清　芳

抱朴含贞在水湄，
清芳真可净天维。
庙堂若识花真趣，
兴废何须问筮龟[1]。

①筮龟：用计数蓍草或火烧龟甲的方式来占卜凶吉。

怒 放

一芳独放占林园，
终日乾乾得在天①。
萧艾有心来晻翳②，
虽持矰缴亦无缘③。

---

①乾乾：自强不息之貌。在天：谓功成愿遂，大展宏图。此指梅之怒放。《周易·乾卦》之爻辞："九三，君子终日乾乾，夕惕若厉，无咎。""九五，飞龙在天，利见大人。"

②萧艾：恶草，常喻奸恶之人。嵇康《四言赠兄秀才入军诗》："所亲安在，舍我远迈。弃此荪芷，袭彼萧艾。"晻翳（yǎn yì）：遮蔽之貌，喻小人对君子的陷害。王逸《九思·遭厄》："云霓纷兮晻翳，参辰回兮颠倒。"

③矰缴（zēng zhuó）：一种用来射鸟的系有丝绳的短箭，常喻陷害他人的手段。据《史记·留侯世家》载，刘邦因宠幸戚夫人，欲废吕后之子刘盈，而改立戚夫人之子赵王如意为太子，朝中大臣多持反对意见。在张良的策划下，请来了德高望重的商山四皓来辅助刘盈，使太子声望大增，地位已无法撼动，刘邦只得作罢。戚夫人痛哭流涕，刘邦为之歌曰："鸿鹄高飞，一举千里。羽翮已就，横绝四海。横绝四海，当可奈何？虽有矰缴，尚安所施？"

益 友

傍竹依松是最宜，
犹能负雪护花枝。
阿娇泪尽长门赋[1]，
始悟金房不可持[2]。

---

①《长门赋》：西汉辞赋家司马相如的名作，以代言体的形式表达陈皇后阿娇对汉武帝的思念以及失宠后的凄楚心情。

②据《汉武故事》载："帝以乙酉年七月七日生于猗兰殿。年四岁，立为胶东王。数岁，长公主嫖抱置膝上，问曰：'儿欲得妇不？'胶东王曰：'欲得妇。'长主指左右长御百余人，皆云不用。末指其女问曰：'阿娇好不？'于是乃笑对曰：'好！若得阿娇作妇，当作金屋贮之也。'"

出 处

清时有味是无言，
丘壑深深林下潜。
有子皆能成大用，
和调鼎鼐作梅盐①。

---

①和调鼎鼐：比喻治理国家。

明 · 王谦　冠绝群芳图

独 放

满园不过皆唯诺①，
谔谔从容敌万千②。
世上几多庸妄者，
只凭众寡论春天。

---

①唯诺：唯唯诺诺，顺从之貌。

②谔谔：仗义执言，独立不改之貌。《史记·商君列传》："赵良曰：'千羊之皮，不如一狐之腋；千人之诺诺，不如一士之谔谔。'"

南　山

清馥幽扬瘦骨嶙，
南山端有不招臣①。
思贤慕德颛顼帝②，
大吕黄钟作礼宾③。

①不招臣：德高望重，备受国君尊崇的人。国君有事需要咨询时，应亲自前往而不用诏令。招，通“召”。《孟子·公孙丑》：“故将大有为之君，必有所不召之臣。”

②颛顼：上古五帝之一，号高阳氏，相传为黄帝之孙，昌意之子。在季节上，农历第十、十一、十二这三个月，皆由颛顼主政，这里兼用作冬天的代称。《礼记·月令》：“其帝颛顼，其神玄冥。”

③大吕：古钟之名，兼合农历十二月之律。《礼记·月令》十二月：“律中大吕。”黄钟：古钟之名，兼合农历十一月之律，为音律之根本，其调肃穆雄浑。《礼记·月令》十一月：“律中黄钟。”《周礼·春官·大司乐》：“乃奏黄钟，歌大吕，舞《云门》，以祀天神。”

梅　子

玉魄抛春久未归①，

青梅委弃满山隈。

几人识解能调鼎②？

几个如今爱种梅？

①玉魄：指梅花的精魂。

②调鼎：在鼎中烹调食物，兼喻治国安邦。

随　芬

夜分释卷室隅空，
独有春梅数片红。
旷意玄怀说无所[1]，
随芬同入月光中[2]。

---

①旷意玄怀：高妙玄远的情思。

②谓情思和梅花的芳香相伴随，透过窗子，一起飘散到宁静的月光之中。

殢尤

形如静女顾眸容①，
神似袁安卧雪中②。
殢蕊尤枝君莫笑③，
不惭德色视齐同④。

---

①《诗经·邶风·静女》："静女其姝，俟我于城隅。爱而不见，搔首踟蹰。"

②袁安：字邵公，汝南汝阳（今河南商水西南）人 。汉明帝时，任河南尹、司空、司徒等职，政号严明，断狱公平，名重朝廷。袁安早年家贫，大雪天因又冷又饿而冻僵，不愿打扰别人。洛阳令认为他是贤人，举为孝廉。袁安因此成为清贫廉洁之士的典型。事迹详见《后汉书·袁安传》。

③殢（tì）蕊尤枝：赏梅久时而流连不已。殢，滞留不去。尤，依恋，缠绵。

④既赏其色，复好其德，未尝偏废，可以无愧矣。《论语·子罕》："子曰：'吾未见好德如好色者也。'"

触 景

芳泽微微暮霭多，
一枝恍若在山阿①。
会须疾奋春风笔，
蘸取霓霞作九歌。

---

①屈原《九歌·山鬼》："若有人兮山之阿，被薜荔兮带女萝。既含睇兮又宜笑，子慕予兮善窈窕。"

蟾宫

蟾宫宵色本清嘉①，
孰似阎浮滓浊沙②。
吴叟无须太高洁③，
斫除桂树种梅花。

---

①蟾宫：月宫，因传说月中有蟾蜍而得名。唐诗人郑璧《奉和陆鲁望白菊》："琼妃若会宽裁剪，堪作蟾宫夜舞裙。"

②清嘉：清丽秀美。柳永《望海潮》："重湖叠巘清嘉，有三秋桂子，十里荷花。"

③吴叟：此指传说的月中人吴刚，每日持斧砍伐桂树。

白石词

琼英元不媚时人，
飞燕丽华安等伦①。
可惜飘萧姜白石②，
尚犹亹亹说横陈③。

---

①飞燕：赵飞燕，汉成帝的皇后。丽华：张丽华，陈后主之宠妃。

②飘萧：风神飘逸，气度潇洒。白居易《筝》："云髻飘萧绿，花颜旖旎红。"姜白石：南宋著名词人姜夔，号白石道人，善咏梅，有《暗香》《疏影》等名作。

③亹亹(wěi)：殷勤不倦之貌。姜夔《鬲溪梅令·丙辰冬自无锡归作此寓意》："又恐春风归去绿成阴，玉钿何处寻？木兰双桨梦中云。小横陈。"说横陈，犹"玉体横陈"之常语，卑俗而唐突梅花也。

不见西墙

宋玉才情足饰非①，
敦贞修雅逊于师②。
贪窥东舍女三载③，
不识西墙梅一枝。

①谓才华掩盖了过失。《庄子·盗跖》："辩足以饰非。"

②师：指屈原。《史记·屈原贾生列传》："屈原既死之后，楚有宋玉、唐勒、景差之徒者，皆好辞而以赋见称；然皆祖屈原之从容辞令，终莫敢直谏。"

③宋玉若不窥邻女三年，怎知邻女窥他？故说他"贪看"诚为不诬，可惜登徒子莫能为之辩而已。宋玉《登徒子好色赋》："天下之佳人莫若楚国，楚国之丽者莫若臣里，臣里之美者莫若臣东家之子。东家之子，增之一分则太长，减之一分则太短；著粉则太白，施朱则太赤；眉如翠羽，肌如白雪；腰如束素，齿如含贝；嫣然一笑，惑阳城，迷下蔡。然此女登墙窥臣三年，至今未许也。"

并 世

疏花铁干本高标，
岂待凝寒证艳天。
并世谁怜芳意苦，
贪瞻冰雪挂枝条。

清·陈枚　月下赏梅

唯　有

吹罢鸾箫意若何[1]，
初春良夜漫消磨。
世间唯有梅花树，
月畔溪前可晤歌[2]。

---

①鸾箫：箫的美称。

②晤歌：相对而歌。《诗经·陈风·东门之池》："东门之池，可以沤麻。彼美淑姬，可与晤歌。"

落　梅

泠然笛里御风辞①，
匆复窗前见绰姿。
八斗风流还魏晋，
一分流落在吾诗。

①《庄子 · 逍遥游》："夫列子御风而行，泠然善也。"

伤逝

梦断罗浮识逸姿[1]，
至今深爱旧花枝。
一川烟草一城絮，
不忍披翻贺铸词[2]。

---

①罗浮：见前《寻梅》诗注。

②贺铸：北宋词人。其《青玉案》（凌波不过横塘路）有“试问闲愁都几许？一川烟草，满城风絮，梅子黄时雨”之句，获誉甚广，世称“贺梅子”。

阿 娇

阿娇姝丽似璇瑰①，
初信君恩不可摧。
夤夜梦回相如赋②，
应知金屋弗如梅。

①璇瑰：美玉。
②夤夜：深夜。相如赋：指《长门赋》。参见《益友》诗注。

新 梅

纵然来岁我如旧，
犹觉今宵梅更新。
若聚流年得何粉①，
人花各占五分春。

①何粉：即何郎粉。何郎，指魏名士何晏。何晏，字平叔，善于清谈。他姿容清秀，对仪表十分重视，常傅粉，故称“何郎粉”。《魏略》：“晏性自喜，动静粉帛不去手，行步顾影。”若施粉黛能弥补光阴流逝，以流年换何粉，则青春永葆，勉强可与梅花争春。此亦是一大妄想耳。

门　前

野处山居静绝埃，

门前梅蕾傍云开。

故人许是相存问①，

犹自屐痕留翠苔。

---

①存问：(前)来问候。

仙 梅

汉武信然无逸骨，
唯知金汞与丹砂[1]。
春风片片天花落[2]，
吹过仙人梅福家[3]。

---

①据《史记·武帝本纪》载，有方士李少君对武帝说："祠灶则致物，致物而丹沙可化为黄金，黄金成以为饮食器则益寿，益寿而海中蓬莱仙者可见，见之以封禅则不死，黄帝是也。臣尝游海上，见安期生，食臣枣，大如瓜。安期生仙者，通蓬莱中，合则见人，不合则隐。"于是天子始亲祠灶，而遣方士入海求蓬莱安期生之属，而事化丹沙诸药齐为黄金矣。

②天花：原指佛教经典所说的天界之花，此指梅花。

③梅福：字子真，寿春（今安徽六安市寿县）人，西汉末年任南昌尉，敢于犯颜直谏。王莽当政，梅福弃官隐居，后来传说他学道成仙。他修炼的山上，有高大的梅树。宋诗人楼钥《大梅山》："仙家指为岩，曾此隐梅福。或云古有梅，其大蔽山谷。"

有　思

数瓣忧思数瓣红，
寒塘冷月立孤踪。
他时偶或重回首，
应为梅花忆此冬。

仙 葩

此花洵是月中身，
流落人间十万春。
正似明妃汉家女①，
青春红泪堕胡尘②。

---

①明妃：即王昭君。

②青春：春天。红泪：美人之泪。据晋代王嘉《拾遗记》载，魏文帝曹丕征常山民女薛灵芸入宫，薛不忍离别父母，连日泪下沾衣。“至升车就路之时，以玉唾壶承泪，壶则红色。既发常山，及至京师，壶中泪凝如血。”

起予者梅①

四季往还犹似书，
群芳浅涉便如茶。
谁能历雪经霜后，
独秀平林韵致殊？

①起予：使我受到启发。《论语·八佾》："子曰：'起予者商也，始可与言《诗》已矣。'"

清 · 王翚　夏五吟梅图

晨 梅

初旭开岚出玉颜，
小桥竹路鸟关关。
幽香昨夜春风过，
吹在清溪第几湾？

所　悟

十年生事客中过，
迩日雄心渐漫磨[1]。
偶得深林瞻玉蕊，
始惊衣上滓尘多。

---

①迩日：近日，最近。

来 客

清芬揖此雪中仙①，
十万游人隘路前②。
昔有孟尝信陵辈，
门前不过客三千。

---

①李白《赠孟浩然》："高山安可仰，徒此揖清芬。"
②隘路：观者众多，致使道路越发狭隘。李白《子夜吴歌·夏歌》："镜湖三百里，菡萏发荷花。五月西施采，人看隘若耶。"

老　梅

玄阴深浸炼奇魂①，
如铁柯枝带雪痕。
漫道英雄情意少，
又横绝色在黄昏。

①玄阴：冬季里严酷的阴寒之气。

相　酬

惠余何啻香千缕，
仇汝唯留数首诗[1]。
若效营蝇争血去[2]，
他时应怍对仙姿。

①仇(qiú):匹配,酬和。
②争血:比喻争名夺利。马致远《夜行船·秋思》:"密匝匝蚁排兵,乱纷纷蜂酿蜜,闹攘攘蝇争血。"

雾中梅

不须水月已娉婷，
遗失机心自有灵。
天恐冰肌呈露甚，
遂教岚翠锁香馨。

慕 梅

逐胜寻幽傍竹河，
且游且览且轻歌。
夜深人倦聊归去，
独慕梅花得月多。

感　遇

君绽鲜葩我弄毫，
清姿秀句两相高。
春风涣散罗浮梦，
触目郊原见碧桃[①]。

---

①高骈《访隐者不遇》:“惆怅仙翁何处去,满庭红杏碧桃开。”

坐 忆

鹃声沉落笛声生，
坐忆琼英自此行。
安得清姝若梅者①，
对余浅笑慰殇情。

①清姝：清秀美好。《清平山堂话本·简帖和尚》："多艳丽，更清姝，神仙标格世间无。"

相思

不适东风适旧乡①，
云林难尽隔裳裳②。
人间信有灵犀在，
一念都能见瑞光。

---

①不适：不嫁。李贺《南园》诗："可怜日暮嫣香落，嫁与东风不用媒。"适旧乡：还故乡。

②裳裳（cháng cháng）：鲜明盛美之貌，此指梅花。《诗经·小雅》："裳裳者华，其叶湑兮。"

清·陈书　梅雀图

其他相关诗词

忆 梅

三夏对清莲，
寒梅亦念虑①。
冬送一室芳，
春携我诗去。

---

①念虑:挂念。唐代李绰《尚书故实》:“臣有弟嘉祐远牧方州,手足支离,常系念虑。”

罗浮女

闻说罗浮上[1]，
飞云自古闲。
梅前拾瑶草，
不肯到人间。

---

①罗浮：参见《寻梅》之注。

待　雪

炉赤芳樽绿，
幽窗已放梅。
飞琼仍未至，
乃遣小诗催。

遥　思

梅折江南树①，

雪粘塞北帘。

君应知六出②，

如絮不如盐。

---

①陆凯《赠范晔》："折花逢驿使，寄与陇头人。江南无所有，聊赠一枝春。"

②六出：指雪花。

明 · 盛茂烨　梅柳待腊图

雪 夜

窗下忆君时，
梅花亦未寐。
一夜西楼雪，
埋没多少事。

七绝

竹笛

三友岁寒情不违，
心存形化念成灰①。
玉人吹到声哀处，
落尽江南万树梅。

---

①形化：外形消失，指人的肉体消失。陶渊明《连雨独饮》：“形骸久已化，心在复何言。”与《庄子·齐物论》“其形化，其心与之然，可不谓大哀乎”有所不同。

邀　饮

茶花梅蕊共鲜芬，
微雨东轩酒自醺①。
料峭春寒寥落际，
莫辜陶令唱停云。

①陶渊明《停云》其一："霭霭停云，濛濛时雨。八表同昏，平路伊阻。静寄东轩，春醪独抚。良朋悠邈，搔首延伫。"

赠诗友

不负风花和日晷[1]，
爱将秀句酒前堆。
缤纷物色知多少，
标格真宜咏竹梅。

①日晷:测量日影以定时的工具。此处指代时间。

海棠三首

腊梅开时,余尝赋诗云:“检点诗囊千万字,到今未有海棠篇。”今见墙角海棠,其势酣畅淋漓,其色光艳动人,诚花中名姝也,乃知前日唐突。且有咏梅诗云:“异日也图栽海棠。”乃奉三绝句云。

其一

未许酣红恼旅人,
粉墙深锁数枝新。
慵疏不惯寻芳远,
独借海棠看韶春。

其二

百咏梅花意未赅，

海棠颖脱照莓苔。

若辞诗笔赋顽艳[1]，

应怨春风沉令才[2]。

---

①顽艳：艳丽。此指艳丽之花海棠。

②沉令才：使海棠的风华被埋没。

其三

几许深心得此红，
化功幽妙实难穷。
梨花墙外何多幸，
尝共嫣香一段风①。

①嫣香：娇美芬芳的花儿。此指海棠。李贺《南园十三首》其一：“可怜日暮嫣香落，嫁与春风不用媒。”

春节饮酒

其一

庭柳先青今岁眼，
腊梅已老去年心。
谁能同醉三百罍，
辞旧迎新情两深。

其二

素指纤纤呈玉斝①，
春风高举尽流霞②。
筵前梅树增佳兴，
又发南枝三两花。

---

①斝（jiǎ）：古代青铜制贮酒器，有把手、两柱、三足、圆口，上有纹饰，供盛酒与温酒用。后借指酒杯。

②流霞：指美酒。庾信《卫王赠桑落酒奉答》诗："愁人坐狭邪，喜得送流霞。"

城外寻春绝句

其一

清溪行尽白云斜，
笑语遥闻别有家。
迷道山中欲相问，
奈何隔竹与梅花。

其二

村女红巾出浣纱，
鸭群相逅入蒹葭。
城中骚客观梅去，
遗我溪头荠菜花。

明 · 陈录　烟笼玉树图

五律

墨夜赏梅

时近除日，庭梅虽开，奈何夜墨无月，闻清芬惜未见其形，遂感而有作。

玉影深宵寂，
清风度牖廊。
了知香不暗，
应是我非忙。
商隐持高烛①，
东坡照丽妆②。
今方以神遇③，
谁复论玄黄④。

①李商隐《花下醉》:“客散酒醒深夜后,更持红烛赏残花。”

②苏轼《再和杨公济梅花十绝》其十:“北客南来岂是家,醉看参月半横斜。他年欲识吴姬面,秉烛三更对此花。”

③《庄子·养生主》:“方今之时,臣以神遇而不以目视,官知止而神欲行。”

④纵不能赏梅花之形,然而能感知其精神,可谓遗形取神。裴启《语林》:“谢安目支道林,如九方皋之相马,略其玄黄,取其俊逸。”《列子·说符》说九方皋善于相马,他所见乃“天机也。得其精而忘其粗,在其内而忘其外;见其所见,不见其所不见;视其所视,而遗其所不视。若皋之相者,乃有贵乎马者也”。

明·钟礼　寒岩积雪图

落　雪

践约初来此[1]，

有媒春始归[2]。

群灵翔水曲[3]，

若个是湘妃？

得友依梅蕊，

寻贤入幕帏。

一年泥浊世，

数日对清辉。

---

①践约：履行此前的约定。指雪花如约而至。

②谓有了雪做媒介，春天即将到来。

③灵：仙人。屈原《湘夫人》："九嶷缤兮并迎，灵之来兮如云。"

咏　雪

檐畔飞清影，
窗前洁已瑰①。
既来何辗转，
欲去复萦回。
映色红炉火，
添觞碧旧醅②。
行当浮桂棹，
遥访故园梅。

---

①已：且，又。陶渊明《癸卯岁十二月中作与从弟敬远》："倾耳无希声，在目皓已洁。"

②醅（pēi）：未滤去糟的酒。此处泛指酒。

乙未除日

佳节东风至，

随时应物华①。

墨联凝淑气，

朱福发窗花。

梅映新诗句，

香流故井茶。

良朋烟火外，

思忆极遥遐。

①谓顺应时节的变化，乐天知命，对于佳节之风物，宜“暂时相赏莫相违”也。

七律

梅花七首

其一

杲日开林销玉烟①，
数株点抹画江南。
人辞下里山初寂，
天唱阳春红正酣②。
采芷女来牵木末③，
钓舟翁偃醉村潭④。
水滨遗我新琼佩⑤，
何逊旧词酬岂堪⑥。

宋·马远　梅石溪凫图

①杲(gǎo):日出光明之貌。

②人籁不及天籁,梅花有天然之美,故为天籁。天籁如阳春白雪,人籁自是下里巴人。红正酣:红梅花儿开得正艳。红,指花,兼指花之色。酣,酣畅淋漓。

③谓枝梢的花蕊如具有田园风味的少女,悠然而别具灵性。

④谓梅花横出的枝干如具有渔樵风味的醉卧的老翁,苍老厚重,抱朴含真。

⑤梅花开于眼前,花瓣如同佩玉。据刘向《列仙传》载,有个叫郑交甫的人在汉江边游玩,遇二仙女,佩戴着很美的佩玉,并将佩玉赠与他。

⑥何逊(?—518年):梁代诗人,他的《扬州法曹梅花盛开》历来被视为咏梅名作。高启《梅花九首》其一:"自去何郎无好咏,东风愁寂几回开。"佩新而辞旧,难以酬报盛情,故为不堪。

其二

琼肌冰骨婉清扬①，
蜂蝶何缘涴此芳②。
示有才需一枝色③，
了空惟待满林霜④。
正悲帝阍遗佚女⑤，
忽觉天风传妙香。
雪里骑驴挥兴客⑥，
喜收数瓣入诗囊。

---

①婉清扬:仪态柔婉,眉目有神。《诗经·郑风·野有蔓草》:“有美一人,婉如清扬。”

②涴(wò):污染。谓蜂蝶无缘,虽欲寻梅而不可得。

③有:存在,妙有,与下句的“空”相对。谓一枝疏淡的梅花已经足以示现这是一种妙有。

④谓满林霜的覆盖,白色的梅花寻而不易见到,在视觉上是一种空。因上句已见有,故本句的空易被感觉到。

⑤帝阍:天帝的城门。遗:失而不可见。佚女:美女。屈原《离骚》:“吾令帝阍开关兮,倚阊阖而望予。”又云:“望瑶台之偃蹇兮,见有娀之佚女。”本句以屈原寻女喻对梅花的寻觅。妙香:美妙的香气,此指梅花的芳香,也可兼指佚女之香。

⑥据李商隐《李长吉小传》载,中唐诗人李贺骑驴外出觅诗,得佳句则写在纸上,放入锦囊中。本句以李贺的寻诗喻对梅花的寻觅。

其三

精魄几番来梦中，
今朝安得负玲珑[1]。
流连已愧孟轲德[2]，
吟狎还倾林氏风[3]。
染翰枝前收骨俊，
读庄花下得神通[4]。
知余乘月过桥去，
遥送浮香石竹东。

---

①玲珑：明彻之貌。此指代梅花。韩愈《春雪间早梅》："玲珑开已遍，点缀坐来频。"

②《孟子·梁惠王下》："流连荒亡，为诸侯忧。从流下而忘反谓之流，从流上而忘反谓之连，从兽无厌谓之荒，乐酒无厌谓之亡。"

③吟狎：亲近梅而歌咏之。林逋《山园小梅》其一："幸有微吟可相狎，不须檀板共金樽。"

④谓有梅花相助，读《庄子》的人的精神和书中的境界最容易沟通。

其四

世谈咸谓直方好，
今睹枝虬骨转精。
已觉檀心如不动，
终嫌杨柳太多情。
下临深谷谷咸润[1]，
上拂太清清又横。
若是斯芳难独放，
花天孰免向南倾。

①《荀子·劝学》:“玉在山而草木润,渊生珠而崖不枯。”

其五

初宵人迹渐希夷①，
始向东风觅一枝。
疏影横斜真有待②，
暗香浮动是相思。
四弦月榭三弄夜③，
朋酒竹林同醉时④。
直到染心都欲尽，
孤高才谓最谐宜⑤。

---

①希夷：无法看到与听见。《老子》："视之不见名曰夷，听之不闻名曰希。"

②谓因为等待我的到来，梅花枝干横斜，这是一种企盼的姿态。

③四弦：琵琶的别称。因有四根弦，故有此称。

④朋酒：两杯酒。《诗经·豳风·七月》："九月肃霜，十月涤场。朋酒斯飨，曰杀羔羊。"

⑤谐宜：相宜，合适。

其六

前世庙堂调鼎才，
而今山海逸怀开。
两嵇从众犹超类①，
孤艳何伤独践台②。
山吐月珠心已印，
波涵萼影迹堪推。
芳尊奉汝千斛酒，
不使公荣饮一杯③。

---

①两嵇：指嵇康与其子嵇绍。《世说新语·容止》："有人语王戎曰：'嵇延祖卓卓如野鹤之在鸡群。'答曰：'君未见其父耳！'"嵇绍，字延祖。

②践：登上。

③公荣：刘昶，字公荣。豫州沛国竹邑(安徽宿州市北符离集)人，三国时魏名士，曾任兖州刺史。据《世说新语·简傲》载，王戎与阮籍饮酒时，刘昶在座。阮谓王曰："偶有二斗美酒，当与君共饮，彼公荣者无预焉。"二人交觞酬酢，公荣遂不得一杯，而言语谈戏三人无异。或有问之者，阮答曰："胜公荣者，不可不与饮酒；不如公荣者，不可不与饮酒；唯公荣，可不与饮酒。"

其七

冲寒开早动吾忧①，
五月怕登黄鹤楼②。
细细悲歌亘天地③，
翩翩神女下汀洲④。
把锄黛玉少还老，
逅路龟年春亦秋⑤。
幸拾余芳三百片，
妆成八句得风流⑥。

---

①辛弃疾《摸鱼儿》:“惜春长怕花开早,何况落红无数。”

②李白《与史郎中钦听黄鹤楼上吹笛》:“黄鹤楼中吹玉笛,江城五月落梅花。”

③亘:绵延不绝之貌。

④神女:此喻下落的花瓣。

⑤杜甫《江南逢李龟年》诗云:“正是江南好风景,落花时节又逢君。”

⑥八句:谓七律每首八句。

种　梅

未见此君时有余，
偷闲命驾独寻渠。
惠吾不忍劳三顾，
倾盖欣然得一舁[1]。
箦土瓶泉颐气骨[2]，
松窗竹径胜汾沮[3]。
新枝小蕾茕茕立，
何日开颜照里闾[4]。

---

①舁(yú)：扛着，载着。指载梅之苗而归。
②箦土瓶泉：以箦盛土，以瓶盛泉。颐：保养。
③汾沮：泛指低湿之地。《诗经·魏风·汾沮洳》："彼汾沮洳，言采其莫。"韦应物《拟古诗十二首》其八："汾沮何鄙俭，考槃何退穷。"
④萧衍《东飞伯劳歌》："谁家女儿对门居，开颜发艳照里闾。"

明·唐寅　梅花书屋图

次韵沧海赠土花[①]

沧海诗篇蕴秀真，
了知冰玉出凌阴[②]。
晓梅开处尘情淡，
弦月明时墨意深。
借汝乾坤如锦笔，
赏她蕙质与兰心。
莫言吾等才行浅，
见德思齐正在今。

---

①沧海《赠土花沿翠友》："几度春华几度真，小眉笺上记光阴。才名渐共芳名远，情意终合墨意深。未许离愁邀月影，惯将风骨晓梅心。沧桑更见高格调，一阕清词唱到今。"

②凌阴：冰窖。《诗经·豳风·七月》："二之日凿冰冲冲，三之日纳于凌阴。"

次韵顾兄伟林辛卯上元翌日兼寄风之歌[①]

烟花昨夜未留些，
节物往来诚可嗟。
一树蜡梅随我老，
五株新柳为君斜。
尘机碌碌于明日，
春色煌煌在别家。
寂寂清宵无可遣，
幸飨佳句自天涯。

---

①顾诗《辛卯上元翌日次空林子韵并寄克兵风之歌》："东风寒似夜来些，独坐衡门不自嗟。日落千山雁声远，云浮万木月光斜。曾经沧海欣为客，渐入中年觉恋家。珍重多情诗友在，冰心一片寄天涯。"

立春独饮

敲日羲和御宇逵[1]，
东风今夕始初回。
且随垂柳开青眼，
复倚孤松观绛梅。
得意大都新岁鸟，
怡心须赖旧年醅。
良朋悠邈春光里，
倾罍犹张锦瑟摧。

---

①李贺《亲王饮酒》："羲和敲日玻璃声，劫灰飞尽古今平。"宇逵：天路。

冬　至

东君畅月返苍黄①，
抱守阳和静默藏。
季子黄金盈一寸②，
周嵩绿蚁惧三觞③。
园中先进从梅柳④，
道上寒凝履雪霜。
壮志不和时俱暮，
留同桃李共芬芳。

---

①畅月：农历十一月。《礼记·月令》："（仲冬之月）地气沮泄，是谓发天地之房，诸蛰必死，民必疫疾，又随以丧，命之曰畅月。"苍黄：天地。

②季子：苏秦，曾以锥刺股苦读，争分夺秒。冬至天渐长，长一寸犹多一寸金。

③周嵩：周浚与李络秀之子，伯仁之弟，官至御史中丞，为王敦所害。据《晋书》载："尝冬至置酒，络秀举觞赐三子曰：'吾本渡江，托足无所，不谓尔等并贵，列吾目前，吾复何忧！'嵩起曰：'恐不如尊旨。伯仁志大而才短，名重而识暗，好乘人之弊，此非自全之道。嵩性抗直，亦不容于世。唯阿奴碌碌，当在阿母目下耳。'"

④《论语·先进》："则吾从先进。"

清 · 童钰　垂梅月映图

七古

室外装修

久与风云相驰逐，
近甘陆沉始营屋①。
高冕巨贾矜千门②，
吾侪一枝鹪鹩宿③。
自惟非是大方家，
隅角自生墉成筑④。

①陆沉：虽居陆地，犹如无水而自沉。比喻隐居。此指甘于平淡的生活。

②矜：夸耀。千门：此指豪宅众多。

③《庄子·逍遥游》："鹪鹩巢于深林，不过一枝；偃鼠饮河，不过满腹。"

④老子谓大方无隅；反之，非大方故有隅。墉：墙。

外绝嚣呶若干畝①，

内栽虚空似壑麓②。

布地谁及给孤者③，

无金聊取砖甓覆。

何求汉宫宝钿坚④，

但冀朝暮承踏蹴。

后檐最宜荫筱篁，

几日此君未可祝⑤。

远呼越山数片青，

近应笤溪千重渌。

---

①嚣呶：喧闹。司马光《送守哲归庐山》诗：“嚣呶不可变，坚白如琼琇。”干畝（fá）：盾牌。

②壑麓：下临涧壑的山麓。

③给孤者：给孤独长者的简称。古印度王舍城有一位年长者，名须达多，家财无数，乐善好施，救济孤苦，故称“给孤独长者”。他信奉佛教，多次向佛陀问法。据《贤愚经》载，须达多拟为佛陀起精舍，看中了衹陀太子的园林，愿意用足以铺满全园地面的黄金的价格购买。后来精舍由须达多与衹陀太子共建而成。

④白居易《长恨歌》：“但教心似金钿坚，天上人间会相见。”

⑤祝：中断，指不见竹。《世说新语·任诞》：“王子猷尝暂寄人空宅住，便令种竹。或问：‘暂住何烦尔？’王啸咏良久，直指竹曰：‘何可一日无此君？’”

深春我欲棹云水，
留供佳人倚幽独[1]。
中庭碧梧须挺硕，
仪凤鸣音清簌簌。
夏垂层荫助睡眠，
秋坠一叶示盈缩。
倚墙甚宜植梅柳，
天真翻令元章仆[2]。
闲来隐几于其间，
旷逸风流两能叔[3]。
花时谁复伐远扬[4]，
一任出垣慰羁蹙[5]。

---

①杜甫《佳人》:“天寒翠袖薄,日暮倚修竹。”

②元章:元代画家王冕的字,他以画梅著称。

③叔:拾取,获得。

④远扬:过长的扬起的枝条。《诗经·豳风·七月》:“以伐远扬,猗彼女桑。”

⑤羁蹙:苦于羁留他乡者。

赋诗应到栗里村[①]，
考室何必荆州牧[②]。
羡他浣花溪上翁[③]，
群官纷纭赠松竹[④]。

①栗里村：见前《渊明爱梅》诗注。

②考室：建房。考，成。荆州牧：此指石崇。据房玄龄等撰《晋书·石崇传》，石崇任荆州刺史，劫远使商客而致豪富。“财产丰积，室宇宏丽”，一世莫比。

③此指杜甫。杜甫于唐乾元二年(759年)冬至成都，次年春卜居于成都浣花溪畔，建成草堂。

④杜甫草堂落成，得到众官员的资助。表弟王十五司马赠资(见杜甫《王十五司马出郭相访遗营草堂赀》)，明府萧实为其栽桃树一百棵(《萧八明府实处觅桃栽》)，明府韦续为其种绵竹若干(《从韦二明府续处觅绵竹》)，少府何邕为其栽榿木十亩(《凭何十一少府邕觅榿木栽》)，少府韦班为其种松树若干(《凭韦少府班觅松树子栽》)，徐卿为其栽李、梅若干(《诣徐卿觅果栽》)，韦班又赠瓷碗若干(《又于韦处乞大邑瓷碗》)。

词

青玉案·春节次韵寄顾伟林[1]

檐前欲碧参天树，
景云著、疏星雨。
玉魄斜呈天际路。
越中山复，吴中水沓，
万户飘歌舞。

---

①顾词《青玉案·元夕再寄鲁兄》："浮云望望天低树，向昏晚，廉纤雨。碌碌征衫南北路，红尘看尽，归来一笑，也向尊前舞。　报君诗思抽千缕，不管清寒看花去。他日江梅开二度，春风无语，涛声依旧，莫问人何处。"

窗边梅蕊香千缕，
当有清风带将去。
鄙吝生心思叔度①。
垂杨濯濯，修筠穆穆，
应是君居处。

①叔度：黄叔度（75—122 年），名宪，汉末名士。《世说新语·德行》：“周子居常云：‘吾时月不见黄叔度，则鄙吝之心已复生矣。”

行香子·入夏

万化迤逶，四序轮回。
东君去，未可深悲。
一春心事，恰似澄溪。
映桃花发，梨花放，柳花飞。

鸟啼绿树，酒煮青梅。
夏时节，最喜清微。
抚弦隐几，晾发披衣。
有竹风渐，荷风浸，麦风吹。

望江南·久阴不晴

惊蛰后，
料峭尚重重。
林岫多居云岫里，
炊烟长没雨烟中。
无乃过春风。

容膝内[1]，
坐久意多慵。
人语遥传溪畔路，
庭梅斜贴眼前峰。
天晚渐朦胧。

---

①容膝：仅容双膝。形容地方狭小。《韩诗外传》卷九："今如结驷列骑，所安不过容膝；食方丈于前，所甘不过一肉。以容膝之安，一肉之味，而殉楚国之忧，其可乎？"

【跋】

一

梅花形绮而格高，宜入于歌咏，纵然藏于山林之中，潜于密室之内，也是难以自弃的。《诗经》颂为“佳卉”，摽梅以求佳偶，遇梅而止于终南，此当为咏梅之肇端。两汉六朝，存有咏梅诗二十余首，恰似梅花之芳香，幽淡而不绝如缕。唐人善咏，唐诗也如乔木秀于诗林，存咏梅诗九十余首。虽数量倍蓰于前，不过是有所起色而已。两宋之际，咏梅诗词数量如奇峰突起。《全宋诗》存咏梅诗近五千首，咏梅词一千一百余首。一时名家辈出，佳作迭现。受两宋诗词的沾溉熏陶，元明清咏梅诗词数量也极为可观。历代咏梅诗总量更是远超其他花卉。至于散佚的咏梅诗，更是不计其数。

在先秦两汉时，人们对梅花之美已有所认识。据刘向《说苑》载，战国前期，越使臣觐见梁王时，执梅花以为礼。虽系实用，但也是以其审美价值为基础的。既发《鸤鸠》之诗兴，复入《柏梁》之雅会。可惜的是，梅花的美在诗文中并没有得到应有的表现。晋末陶渊明《腊日》：“风雪送余运，无妨时已和。梅柳夹门植，一条有佳花。”不仅肯定梅花的欣赏价值，还通过梅来表述春天的信息，从而使梅成为春天的代言者。这在两方面都有相当的开创意义，片鳞只语，堪称圭璧。南朝咏梅诗数量不多，其筚路蓝缕般的开山之功也不容忽视。鲍照的《梅花落》，评价梅花的功过，以梅花作为全诗的主角，梅花以独立的形象登上诗坛，堪称最早的纯粹的咏梅诗。陆凯《赠范晔》：“折梅逢驿使，寄与陇头人。江南无所有，聊赠一枝春。”以梅寄离别之情，已开启后世种种寄托之法门。庾信、徐凌等人，工于宫体，发挥了善于着色模态的优势，往往描摹梅花的情态之妍丽，对于揭示梅花的形态美，功不可没。何逊、阴铿大抵如此；何逊的《扬州法曹梅花盛开》诗常为后世咏梅文学作品所提及。

逮至唐代，继轨六朝又颇多开拓。其开拓主要表现在：其一，由六朝时梅花多作为风景与人物的点缀，转变为被歌咏的主体。其二，对梅花外观的欣赏性描写较六朝时更为细致，有酣畅淋漓之感。如韩愈《春雪间早梅》对梅花色香的多方位铺陈，在唐以前极为罕见。其三，唐代的咏梅诗多洗去了南朝宫体诗的铅华，天真之趣更浓。六朝咏梅之作，如：“俱羞惜腕露，相让道腰羸。定须还剪彩，学作两三枝。”（萧纲《雪里见梅花》）“逢君后园燕，相随巧笑归。亲劳君玉指，摘以赠南威。”（谢朓《咏落梅诗》）这些诗句足见六朝时诗人们喜好用梅花去装扮那些粉面朱唇、娇喘微微的宫廷女子。唐人尽管少不了歌咏梅花华丽，但更多的是自然天真的风韵。其四，唐人的咏梅诗在寄情托兴上较六朝时更为丰富，多将个人人生遭遇寓于咏梅之中，尤耽于寄托闺情。

宋代咏梅诗又别开生面。从格调来看，总体来说宋人较少向唐人那样铺写梅花外在的华美，而倾向于在清幽的境界中展示其脱俗的韵致。与唐人“雪中梅下与谁期，梅雪相兼一万枝”（李商隐《莫愁》）之阔大不同，宋人则多是“幽香淡淡影疏疏，雪虐风饕亦自如”（陆游《雪中雪梅两首》）式的潇洒幽峭。宋人不仅向前人那样在梅花中不仅寄托了人生经历与情感体验，还更多地寄托人生的精神追求。在宋代，梅花逐渐成为寄托诗人们审美理想与人格理想的艺术符号。

宋代有不少咏梅名家甚值得一提。与梅花结缘很深的林逋，堪称宋代咏梅之风的开启者。“只因误识林和靖，惹得诗人说到今。”（《梅》）宋代诗人王琪如是说。林逋咏梅的成就主要体现在以下几个方面：首先，林逋咏梅诗数量较此前诗人为多，“为见梅花辄入诗”（《梅花》），是第一个专注于咏梅的诗人。其次，林逋咏梅诗大大丰富了梅花的审美形象。他对于梅之“疏影”与“暗香”的描绘，突破了单纯以花蕊为表现对象的表达方式，为后世确立了以疏淡为审美特色的基本形象。再次，林逋的诗中的梅花有着不变的孤高脱俗的品格，与此前诗人的偶然性寄托有所不同，使梅花具有较为显著的文化内涵。此外，林逋对于梅花深笃的感情，与前人的一般性欣赏也是大有径庭的，“梅妻鹤子”的故事可以看作林逋与梅花关系的具象化诠释。

受到林逋等人的启发，苏轼也写了较多的咏梅诗。苏轼在继承林诗的基础上，又有所发展。苏轼咏梅诗保持了苏诗惯有的议论风格，喜好解释梅花形貌的种种原因，在咏梅中蕴藏着理趣。

苏诗重视歌咏梅花的格调，突出梅的纯洁。他很重视花本身的描写，认为写花蕊本身更能突显梅花的高格。这对于林逋崇尚写梅枝及与梅相关的意象组合的倾向是一种反拨。虽然苏轼也写过“尚余孤瘦雪霜姿”，但他很少突出梅花的清瘦。苏轼认为过于清瘦孤寂有着寒俭的病态，就像他所批评的郊寒岛瘦那样，有蔬笋之气。他笔下的梅花多似仙女或美人，虽冰肌玉骨，而无娇弱之态。“夭桃弄春色，生意寒犹快。惟有落残梅，标格若矜爽。”（《许州西湖》）即便是落梅，也写得磊磊落落，富有生机。苏轼还有一大贡献是大量描写红梅，为后人开拓了一块极具审美价值的审美园地。

宋代工于咏梅者，除林逋、苏轼外，陆游的诗也很值

明·陈洪绶《梅石图轴》

得关注。此外诗人尚有王安石、黄庭坚、陈与义、陆游、刘克庄、范成大、杨万里、张道洽等，词人有周邦彦、李清照、辛弃疾、姜夔、吴文英、刘辰翁、周密等。以数量论，据程杰先生的统计，《全宋诗》中存咏梅诗百首以上者有七人，他们分别是：李龏216首，方蒙仲178首，陆游159首，杨万里140首，刘克庄137首，赵番123首，宋伯仁108首。

宋代咏梅之盛，还可见于组诗。继梅尧臣七首组诗之后，组诗逐渐增多。苏轼与杨公济以十首诗为单元的组诗形式，对其他诗人起示范作用，效仿者很多。组诗单位更大的是制作"百咏"，有李缜、吴尧、方元吉、刘克庄、方蒙仲等二十余人。又据周必大《二老堂诗话》载，庐陵太守程祈与郡人段子冲酬唱合计约千首，陈从古将收集到的古今咏梅诗800余首一一次韵，规模更大。上述酬唱的组诗，如今除刘克庄之作以及方蒙仲、李龙高之部分作品外，其他组诗大多不存。

元明清之时，咏梅诗虽不及两宋之高峰，但也颇为可观。王冕、高启、张问陶、王夫之、曹雪芹等人的诗作，堪称翘楚。在此三代诗人中，高启的成就最为突出。他充分继承了历代咏梅诗人的成功经验，将唐人擅长的对形象美的描绘与宋元以来对梅花的精神性积淀完美地结合起来，既凄美哀怨，又朦胧可感，具有动人心魄的艺术感染力。张问陶诗则力避对梅花形质的描写，主体性强，以议论与抒情相结合的方式，另辟一咏梅蹊径。自元以来，百咏梅花的有元人郭豫亨的集句集《梅花句句香》，冯子振与中峰明本禅师唱和之作以及韦珪的专集。明末诗僧函昰《天然和尚梅花诗》120首；李确作七律组诗《梅花百咏》，规模颇为浩大。清初王夫之与洪业嘉等三人唱和，皆满百首之制。

二

梅花在诗坛上“占尽风情”，倒未必仅是“粉蝶如知合断魂”的令人惊奇的美艳，至于花开花落的咏叹，又是何花而不有。“美人”与“高士”形象成为梅花的两大特质。自宋代起，梅花高风亮节的“高士”形象便确立起来。“美人”是其色貌的表征，“高士”是其精神的凝聚。王安石《独山梅花》“美人零落依草木，志士憔悴守蓬蒿”，已肇其端；高启《梅花九首》之一“雪满山中高士卧，月明林下美人来”可作为梅花两大形象的概括的终结。值得注意的是，“美人”与“高士”对梅花来说是可以兼得的，从意象内涵上来说也没有判然区分的必要，“美人”本身可能就是“高士”。然而，诗人在歌咏梅花之时，则既有可能将两者双收，又可能有所侧重。

对于梅花的精神予以重视，通过梅花寄托情志与追求成为宋代以后的主导性倾向。“不要人夸颜色好，只留清气满乾坤。”王冕的《墨梅》诗句可谓一语切中其肯綮。梅香恬淡且能忍耐严寒而独放于深冬与早春的特殊性，是其能够满足寄托需求的先决条件，从而为他芳所未备。诗人们有时是出于对梅的本能的好感以及经受文化传统的陶冶，产生了咏梅之兴而寄托情怀；有时则缘于当下的特定境遇，有情郁结于衷，不得不发，借梅而歌以咏之。于是便成就了梅的“高士”形象。综而言之，梅花的“高士”之内涵，略约有以下几方面：

一曰高洁。这是梅花成为高士的基本要素。所谓高洁，应包含纯洁、坚贞、淡于名利等内容。梅之所以纯洁，一是由于其花蕊或白或黄，与雪为伴，外观即有纯净之感。“谁怜香满座，独使净无尘。”（韩愈《春雪间早梅》）那疏淡的清香使人味之而愈洁。当然，梅之纯洁也非仅仅见诸其外，外在是内在的体现。“尽爱丹铅竟时好，不如风雪养天姝。”（苏轼《忆黄州梅花五绝》）“罗浮山下梅花村，玉雪为骨冰为魂。”（苏轼《再用前韵》）纯洁的是梅的精神。梅的纯洁中蕴含着一种不假雕饰的自然之趣。“香清寒艳好，谁惜是天真？”（侯夫人《看梅》）“鼎实自应终有待，天真不假更匀妆。”（陈师道《和和叟梅花》）“寿阳妆罢，冰姿玉态，的的写天真。”（杨亿《少年游》）诗人们总是如此情不自禁地赞叹着。

梅之所以坚贞，是由于其在苦寒之境中依然独立不迁。富贵而不淫，贫贱而不移，威武而不屈，孟子所说的大丈夫，在梅花的精神中得到了淋漓尽致的体现。“耐岁耐寒存苦节，故于冷境发枯荄。”（李塨《梅花吟》）“朔风飘夜香，繁霜滋晓白。”（柳宗元《早梅》）在诗人们的笔下，梅花又何尝屈服过？而梅的芳香正是其坚贞外溢之所致。

梅之所以淡泊，由于其无意于追名逐利，完成精神对于物质的超越。“无意苦争春，一任群芳妒。零落成泥碾作尘，只有香如故。”陆游《卜算子》所谓的“争春”，无非获取功名利禄而已。因志同于梅花，故诗句中无不洋溢着一种由衷的自豪与满足。“愧我素衣今已化，相逢远自洛阳归。”（高启《梅花九首》之七）异于梅花者，愧疚之意又将油然而生。“尚嫌句里欠平淡，忍冷巡檐看老梅。”（史弥宁《觅句》）诗人们竟生发出以梅助诗以造平淡之境的奇想。

二曰正直。志道据德，不徇于私，卓然独立而不屈己志，这是梅花精神所散发出的一缕芳香。“若为司花示薄罚，到底不能磨灭香。”（文天祥《梅》）在文天祥看来，梅的正直的秉性坚持得至为彻底。诗人们认为，梅花就是那正直的屈原的化身：“一片能教一断肠，可堪平砌更堆墙。飘如迁客来过岭，坠似骚人去赴湘。乱点莓苔多莫数，偶粘衣袖久犹香。东风谬掌花权柄，却忌孤高不主张。”据说刘克庄因写此《落梅》诗而罢官。缘于此，于

梅边读《离骚》就别有一番意趣：“醉尉不来村墅冷，三更绕树读《离骚》。”（李龙高《野梅》）

三曰自尊。自尊缘于自爱，上不媚于权势，下不染于污垢，令多少诗人仰慕。陆游《落梅二首》诗云：“雪虐风饕愈凛然，花中气节最高坚。过时自合飘零去，耻向东君更乞怜。”又有《西郊寻梅》诗云：“似羞流落蒙市尘，宁堕荒寒傍茆店。”诗人们在表现梅的自尊时，常常在与桃李等植物的对比中完成。“高情已逐晓云空。不与梨花同梦。”（苏轼《西江月·梅花》）“不应便杂夭桃杏，半点微酸已著枝。”（苏轼《红梅三首》其二）“天与色香天自爱，不教一点上蜂须。”（陆游《缃梅三首》其三）梅的自尊获得苏轼、陆游等人的尊重。有趣的是，苏、陆等人尊梅是一以贯之，不似杜甫对竹的态度因际遇的变迁而俯仰。

四曰勇敢。这里的勇敢并非仅是大胆，而是见义而勇于担当，在逆境中毫不气馁。在早期的咏梅诗作中，诗人往往倾向于通过霜雪的严寒来表现梅花的坚韧，但这种坚韧是被动的，处于为冰霜雨雪所制的地位。诗人们渐渐发现，梅花并未屈服于严寒的威逼，而是与之斗争。“自古承春早，严冬斗雪开。”像朱庆馀的《早梅》这样的作品已将梅花的勇敢彰显出来了。“欲传春信息，不怕雪埋藏。”（陈亮《梅花》）梅花的斗争中肩负着神圣的使命，那就是将春天的消息传遍人间，让人们在暗夜里得知即将来临的温暖与光明，燃起人们对于未来的希望。斗争的结果，有时是梅花取得了胜利："腊酒诗催熟，寒梅雪斗新。杜陵休叹老，韦曲已先春。"（苏轼《次韵陈四雪中赏梅》）在朱熹的笔下，梅花作为战斗者也获得了生命的欢乐："真与雪霜娱晚景，任从桃柳殿残春。"（《村前梅》）

五曰潇洒。梅花以其超越急功近利的淡泊情怀，缚尽而累消，故其生命之生机能勃勃然绽放，油油然挥洒，卓卓然傲立尘俗之外。"众芳摇落独暄妍，占尽风情向小园。疏影横斜水清浅，暗香浮动月黄昏。"（林逋《山园小梅》）梅花之潇洒在于其常常呈现于世人眼前的是一种怒放的生命状态。"寒心未肯随春态，酒晕无端上玉肌。"（苏轼《红梅三首》）梅花之潇洒又在于洋溢着不苟于流俗的独立精神。"深深小坞梅初动，潋潋清溪水欲平。安得飘然从此逝，缑山风月听吹笙？"（陆游《戏遣老怀》）陆游心中的梅花不也正是苏轼所崇尚的高风绝尘吗？魏晋人的林下风流是潇洒的典范，故诗人常以林下风流比况之。"林下风标许谁比，直须江左谢夫人。"（陆游《雪后寻梅偶得绝句十首》）"江左何时见王谢，风流且对竹间梅。"（辛弃疾《书清凉境界壁》）设若梅少此一段潇洒，梅花又将减却多少风流呢。

总之，梅花的"高士"形象，既是梅花精神的核心，又是中华民族精神的精华。

三

近年来，关于国花的讨论时常见诸媒体。的确，评选出国花是一件十分重要之事，可以在很大程度上凝聚民族精神。弘扬中华文化，需有凝聚中华文化精神的象征物；提升中国软实力，与世界其他文明展开对话，从而扩大中华文化的影响力，也需要能深入体现中华文化精神价值的象征物。有了这样的象征物，可以增强文化号召力；而缺乏这样的文化建设，仿佛是在一场重大的体育赛事（比如奥运会）的入场式中，仅有国名可供称呼却没有国旗可供标举一样令人遗憾。

在诸多待选为国花的花卉中，梅花与牡丹呼声最高。通常有三种观点：一是认为梅花当仁不让，二是认为非牡丹莫属，三是认为梅与牡丹并立为国花。其中以第三种呼声最高。我私意基本赞同第三种，但觉得还应该改革，那就是采用一主一副的形式：以梅花为主国花，牡丹为副国花。

牡丹入选国花仍有一定的必要性。文化学者们一般承认，梅花象征精神文明，牡丹象征物质文明。物质文明是既是精神文明的存在基础，又是精神文明的表现手段。物质文明建设水平提升，国富民强，是中华儿女的共同心声。无可争论，中华民族作为一个优秀的民族，曾长期傲然屹立于世界民族之林；无可争论，中华民族是个多灾多难的民族，内忧外患，何时可掇。“长太息以掩涕兮，哀民生之多艰。”苍生之苦令多少仁人志士为之痛心疾首，为之鞠躬尽瘁。尤其是近代，乃至于改革开放之前，民悴国贫仿佛如在昨天。此种艰难大多系物质条件匮乏所致。牡丹，其花硕大，其色芬芳，确可承载繁荣物质文明的梦想。这是牡丹入选的主要理由。

然而，牡丹无法独立代表一个国家与一个民族的精髓与灵魂，甚至不是主要的代表者。“唯有牡丹真国色，花开时节动京城。”（刘禹锡《赏牡丹》）牡丹动人的是其颜色。不过，色毕竟是外在之物，非关事物之根本。美色易凋，不可永葆，故以色事人者，色衰而爱弛。孔子云：“吾未见好色如好德者也。”好色不好德，这是风衰俗颓的重要标志。如欣赏牡丹仅仅是基于颜色，又如何提升国民的素质。牡丹作为灌木，有花无果，多受诗人批评。宋人王曙《咏牡丹》诗云：“枣花至小能成实，桑叶惟柔解吐丝。堪笑牡丹如斗大，不成一事只空枝。”宋人黄大受《梅》诗云：“牡丹专富贵，春尽却空枝。”此外，牡丹的柔弱而少骨，也给人留下难以独当一面的印象。苏轼《黄州春日杂书四绝》云：“中州腊尽春犹浅，只有梅花最可怜。坐遣牡丹成俗物，丰肌弱骨不成妍。”至于历时之远近，分布之广狭，牡丹犹难望梅花之项背。鉴于牡丹之不足，实难于并能于梅花，故仅能作为梅花的辅助者。

梅花之优势，足以包举众芳而独擅胜场。其掩春兰之清幽，夺夏莲之贞静，抑芍药之娇羞，制金菊之英爽，色艳云霞出海曙，香淡天下第一泉。至于傲雪之芳姿，凌冰之卓态，潇洒于月下，从容于林间，与群花相较如嵇延祖处于众庶之间。既已绝尘而去，遑论比肩同行。

除上述“高士”的品性之外，梅花之德可称者也复不少。以其实用价值而言，梅子青时入眼即能止渴，黄时入口则又可以果腹，可以怡心。梅子可做调料，调和鼎鼐，常喻治理国家，故梅寓意为定国安邦之大才。梅花开于百花之先，是先行者的象征；既是先行者，若不具备创新之精神，见义勇为之魄力，运筹帷幄之韬略，百折不挠之意志，则难以担当此任。先行者忍受严寒，具有坚定的自我牺牲精神，为人间带来春天，这是一种大仁！《论语·雍也》：“子贡曰：‘如有博施于民而能济众，何如？可谓仁乎？’子曰：‘何事于仁！必也圣乎！尧舜其犹病诸！夫仁者，己欲立而立人，己欲达而达人。’”梅花之秉性正合于夫子之言。

梅花为主，牡丹为副，是因为梅花之精神更倾向于社会性，而牡丹则倾向于自然性，精神对于物质的超越历来深入人心。物质关乎生理，精神关乎本质。在西方，尼采的本我、自我、超我理论自不必说；依照马斯洛需求原理，生存、安全等属于较低层次的生理需求，而尊严、自我实现则是以物质条件为基础的更高层次的精神需求。

马克思认为人具有自然与社会两种属性，而人的本质在于社会性。按之中国传统大都如此。孔子云：“不义而富且贵，于我如浮云。”（《论语·述而》）孟子将精神与物质之轻重喻为熊掌与鱼之贵贱，绝非将两者等量齐观。老子更是主张适当抑制生理欲求：“五色令人目盲，五音令人耳聋，五味令人口爽，驰骋畋猎令人心发狂，难得之货令人行妨。是以圣人为腹不为目，故去彼取此。”（《老子》第十二章）《列子》以对精神的重视程度为标准来衡量人与物的区别。其《黄帝》篇云：“有七尺之骸，手足之异，戴发含齿，倚而趣者，谓之人；而人未必无兽心。虽有兽心，以状而见亲矣。傅翼戴角，分牙布爪，仰飞伏走，谓之禽兽；而禽兽未必无人心。”至于中国传统佛教，更是将对物质享受的追求视为戒律，破除物欲成为解脱的基本条件。在当今之中国，国民小康生活已基本实现，在物质条件获得满足之后，增强民族凝聚力、提升国民精神素质的现实需求是一个长期而紧迫的任务。因此，梅花成为国花将是一种必然，而非随少数人的意志而转移。

四

说起咏梅之因由，也需有一定的机缘。我自2005年习作诗词以来，春红秋艳，不时入咏。佛家常云一即一切、一珠可映三千大千世界，故花草虽属细物，但可以寄国事，寓人生，托百情。就创作诗歌而言，小者不必小，大者不必大，“天下莫大于秋豪之末，而太山为小；莫寿乎殇子，而彭祖为夭。”（《庄子·齐物论》）真情所至之处，花儿也不可等闲视之。咏花之作，我曾最先仿《红楼梦》中菊花诗，作过《咏兰十二首》，置于网络论坛，得到网友不少鼓励。后来，创作过一些咏菊、咏竹的组诗，而独无咏梅之作。尽管如此，我也并无遗憾，以为随缘即好。2008年秋，我的环境有了较大的改变，由原先的散漫而入于严谨，或劝谕幽兰其不可佩，更何况竹林之饮，于是不得不改咏梅花了。

看了前人诸多写梅的诗词歌赋，我对于梅花越发敬佩了。我仰慕梅的清芬，以为这是梅花之精神太过充实而散发出的光辉；我敬佩梅花的坚贞，严寒的风雪无法动摇其高洁的心。我不知何由，她那清瘦的枝条为何如此坚强。我明白屈原为什么反复歌咏兰芷蕙茝，陶渊明为什么絮絮然咏菊，而陆游又何以写了那么多的咏梅诗。高者能自己做个贤人，中者见贤思齐，下者见贤而不顾。倘若其上不可得，又不能得乎其中，其人必不适合作诗。既然已经学习写诗，那歌咏梅花既是兴之所至，又将是一种责任。我那时便生发了难以遏止的咏梅的冲动，绝非要刻意作百余首，与前贤争胜。这些咏梅诗大多作于2009年到2011年冬春之际，那时是特别适合咏梅的时节啊。后来时有余兴，又增益了若干首。

或有见为咏梅诗甚多者，便以为是梅痴，其实未必皆然。平素诸事鞅掌之人，无暇多养梅花，恰似陶渊明好酒，而不得不止酒。渊明说“但恨在世是，饮酒不得足”（《拟挽歌辞三首》其一），又说“在世无所须，惟酒与长年”（《读〈山海经〉十三首》其五），看来是酒痴无疑了。然而，渊明既能心无挂碍，又岂能为酒所累？甚了解渊明的萧统这样解释道：“唐尧四海之主，而有汾阳之心；子晋天下之储，而有洛滨之志。轻之若脱履，视之若鸿毛，而况于他乎！是以圣人达士，因以晦迹，或怀玉而谒帝，或披裘而负薪，鼓楫清潭，弃机汉曲。情不在于众事，寄众事以忘情者也。有疑陶渊明之诗，篇篇有酒；吾观其意不在酒，亦寄酒为迹也。”（《陶渊明集序》）看来咬定渊明对于酒爱与不爱固然属于边见；即便是平均两者，看似行于中道，也可能落入戏论了。

自两宋以来，咏梅诗可谓汗牛充栋。有好心人常对我说：“梅花之美已被诗人咏尽，今人咏梅诗欲有所突破就很难了。”私意以为，今人作咏梅诗未必处处皆需要突破，若需要突破时，突破也能成为可能。

咏梅诗数量越多，梅花的形色与精神内涵也就越丰富，久而久之，便形成了咏梅诗词文化，梅花的外形特征、精神内容、表达方式都逐渐类型化。这种类型化一方面使与梅花相关的意象的内容的积淀大为增加，同时因其类型化而失却新鲜感而降低了诗歌的创造性价值。咏梅诗歌写作者应首先尊重咏梅文化传统，继承其中的有价值的元素，是必不可少的，因此，那些为创新而创新的做法是难以被接受的。有人对我说："你的诗赞梅者居多，若能反其道而行之，或能别有天地。"诸如此类的说法尚有不少。其实，这样的在做法，在两宋之前或许可以，在两宋之后绝不可以，因为两宋之后的梅文化传统已经形成，在没有令人信服的依据的情况下去独立挑战强大的传统，已愚如蚍蜉撼树与螳臂当车了。与其用投掷珠玉的方式去攻击无仇且无过之人，不若用其点缀自己而使外表增色呢。

尊重传统并不妨碍创新。正如"一千个读者有一千个哈姆雷特"这句著名的西方格言之所言，一千个作者也必有一千朵梅花，每一朵梅花的一千个观众又将有一千朵梅花。因此，咏梅者若不是刻意因袭他人，梅花总是新鲜的。梅之可赏者不外乎花、枝、叶，与梅花形成的常见的意象组合也不外乎雪、月、水、竹、石、云、雾、风、人等等，但这些组合的排列方式是无穷无尽的。恰似点横撇捺虽有限，但组成的汉字确是千千万万而无一雷同。当然，咏梅也非简单地摆弄上述意象，欲使其鲜活起来，尚有待真情妙意的催化。

撰写这百余首咏梅诗，我也试图进行一些创新的尝试。限于篇幅，聊举数例。以标题而言，前人《梅花百咏》多用两字，一律标明"×梅"，前着一动词或形容

清 · 沈铨　梅花绶带图

词，如“落梅”“寄梅”“寒梅”“古梅”；或标示梅之处所，如“江梅”“村梅”之类。本书则不囿于此，时常于字面不相关而意通于梅。故前人的标题似近体诗，本书则如散文而已。前人虽已开启前路，但若继续前行，仍将别有一番园地。如对于梅花之芳香，前人皆称其淡，我却独谓其浓，因为对浓淡的感受缘于心境与境界，受惠于我对于禅境的认识，以及从杜甫诗句“心清闻妙香”获得的感悟。“三月心斋广成子，知其澎湃作雷霆。”赋予梅之芳香以非凡的气势。我也尝试将看来与梅无关的现象与梅联系起来，如自称不咏海棠是尊梅之故，吴刚砍伐桂树是欲种梅之故，或表达对梅的情谊，或彰显对梅的推崇，虽似无理而自谓能合乎咏梅之情。平时读书时的一些小小的发现，也可借梅加以表达。如世人皆以为渊明独爱菊，我于诗中则谓渊明爱梅甚于爱菊，理由是渊明“梅柳夹门植”，而菊在东篱之畔，自位置看显然梅更近，而距离的远近既意味着关系的亲疏，又因孔子升堂入室之论而显示出渊明对梅推尊的程度。这是对“晋陶渊明独爱菊”的常识的颠覆。有时可借助梅陈述对于人生的感悟。这种感悟先前或许有些朦胧，当见梅花绽开之时豁然开朗，能获得许多印证的乐趣。如拙作《有成》一诗云：“金蓓樛枝入定深，天光云影映澄浔。忽然日夕冲寒坼，一片清香溢旷林。”既表达禅家开悟时的独特感受，又包含个人对于欲成大事者必先入于淡泊之境的真实体验，读者不可以“梅花凌寒而开，散发清香”之陈词滥调而轻忽之。咏梅诗虽多寄寓理想，其现实性也值得重视。如古人驿寄梅花与今日发送短信相较，短信至为方便，体现了现代科技的巨大进步，然而方便则易流于轻易，且短于韵致；古人寄梅虽不便捷，但让人觉得极有情调。两者可谓各有短长。《所用之异》将古今加以对比，提醒读者在享受短信便捷的同时，莫忘寄梅的人生诗意。用《庄子·逍遥游》中寓言对不龟手之药方“所用之异”为题，更启发读者对此加以思考。此外，借助于对梅花的评价论林逋之诗与贺铸、姜夔之词之类，就不再一一赘述了。

诗稿初成，由自己做简要注释。或有以为道隐无名，立文字已是言障，自注岂不是障外设障以败人兴致吗？谁见过大家如李杜自为蛇足呢？答曰：不然。遥想李杜当年，“兴酣落笔摇五岳，诗成笑傲凌沧洲。”诗成掷笔，自有后来者如王琦、钱牧斋等大儒拾起，且争相为其作注。笔者自知拙作不及李杜之万一，又岂能奢望郑玄复生而效力？诚然，到此一游者大多为通达卓识之雅士，但也当有初学者，一般爱好者，或有对文字感到困惑，见注释而释然。即便是鸿儒至此，见注释文字，也可印证所鉴，如同与我相视一笑，莫逆于心，对我而言，实在是人生至大的快乐。且读书如交友，读者每见注文，等同握手，便有如许亲切之况味。况且知人难，知诗也不易。钱钟书先生曾说过，赵宋以前没有真正了解陶诗的人；杜甫当年曾感叹说“百年歌自苦，未见有知音”（《南征》）。笔者设想，倘若陶、杜当时若能做一二注释，不再重墙峻宇，稍稍平易近人一些，或许能有所改观呢。

诗稿能够顺利出版发行，感谢宁夏人民出版社的帮助。尤其是责任编辑陈浪老师，助我校勘文字，提出不少独到的修改意见。浙江农林大学暨阳学院也给予鼓励支持。在此深表谢意。

鲁克兵

2017年2月28日